2039：脑机时代

全球华语科幻星云奖组委会／编

万卷出版有限责任公司
VOLUMES PUBLISHING COMPANY

图书在版编目（CIP）数据

2039：脑机时代 / 全球华语科幻星云奖组委会编．

沈阳：万卷出版有限责任公司，2025．5． -- ISBN 978
-7-5470-6749-9

Ⅰ．I247.5

中国国家版本馆CIP数据核字第2025C3Q163号

出 品 人：王维良
出版发行：万卷出版有限责任公司
　　　　　（地址：沈阳市和平区十一纬路29号　邮编：110003）
印 刷 者：辽宁新华印务有限公司
经 销 者：全国新华书店
幅面尺寸：145 mm×210 mm
字　　数：180千字
印　　张：8
出版时间：2025年5月第1版
印刷时间：2025年5月第1次印刷
责任编辑：王　越　李京涛
责任校对：刘　璠
封面设计：平　平
版式设计：李英辉
ISBN 978-7-5470-6749-9
定　　价：45.00元
联系电话：024-23284090
传　　真：024-23284448

目录
Contents

2039：脑机时代

阿缺

1

生活是从什么时候开始变得这么糟糕的呢？严妍在被撞飞的那一刻还在想，这得是多糟糕的生活才让自己要在街头寻觅死亡？

如果要追溯时间点，肯定是那次陈彦出车祸。但哪怕他躺在病床上，全身插着各种软管，滴流管里透明的液体像蚯蚓一样涌进他的身体，哪怕他三年来只剩呼吸，没有意识，她也从未如此绝望过。那时，她只是难过和自责。尤其是当医生告诉她，可以通过植入脑机芯片来治疗陈彦时，她甚至连难过和自责都消失了。

"就是有两点，你得好好想想。"医生观察着她的表情，斟酌着说，"首先，手术有点儿麻烦。"

严妍微微皱眉。

"整体是比较乐观的，"医生展颜一笑，"其实脑机技术已经很普及了。我看严小姐的职业是编剧，创作时应该在用脑机头盔吧？我们做临床手术也得戴它。"

严妍点了点头。早几年写剧本，她靠的是灵感、熬夜和咖啡因，但陈彦出事后，她有点儿神经衰弱，创作时总爱胡思乱想。尤其是陈彦倒在血泊时的情景，总会在她的脑中浮现，像丢帧的全息影像，有时候还会不自觉地在指尖流露。一次她写言情桥段，写着写着，正在一边恋爱一边商战的男主角，下一场戏就被车撞飞。而她自己没有察觉，后来资方用程序检验剧本，这一段被标得血红——系统判定这段戏有违观众预期，会严重影响收视率。

她连忙道歉，但改了几稿都过不了系统审核。在同行的推荐下，她买了脑机头盔。戴上之后，涣散的精神像是稻草一样被握紧，集成一束。她高效地完成了剧本，系统给出高分，资方这才敢去拍摄。

不只是她，这座城市一半的人都在使用脑机头盔。那玩意儿像被掏空内脏的刺猬，内壁光滑，外壳上长满了粗粗细细的电极。它能解读脑电波，并反馈给大脑，让大脑知道哪些事情该做，哪些事情不该做，包括影响身体激素的分泌。

医生继续说："人体和机器一样，都可以被精准控制。

哪里出了问题，就修补哪里。只是以前我们不知道打开这部机器的方法，而 BCI（Brain-Computer Interface，脑机接口）技术出现后，我们才有了解密这部机器的钥匙。"

严妍试图跟上医生的逻辑，因为没有脑机头盔帮忙，她显得有些笨拙："你是说，我男朋友只要戴上脑机头盔，就可以醒过来？"

医生摇了摇头，说："我们尝试过，可能性不大。陈先生是脑干大面积梗死，大脑活动停止，再加上隔着颅骨，不能接收头盔的电波反馈。我们提供的解决方法是安装侵入式脑机接口。"

这些话听起来很简单：把脑机头盔做到足够小，植入脑中，代替休眠的脑区域，重建神经冲动。它不仅能读取脑电信号，来控制外部设备，比如机械臂；还可以进行精确的电刺激，让大脑产生特定的感觉。

"法律允许吗？"

"哈，你问到点子上了。侵入式 BCI 还不成熟，毕竟要在脑子里动刀，部件再小，也有创口。之前有过几起失败的例子，法律上也卡得紧，不能流入市场，只能用于小范围的医疗领域。但幸运的是，陈先生受的伤恰到好处——哦，抱歉，对陈先生的不幸，我当然是感到很遗憾的。但现在陈先生脑休眠和肢体残疾，刚好符合植入条件。"

听起来都是好消息。严妍只剩一个顾虑："所以你是说，手术会有风险，是吧？"

"任何事都有风险，只是在这个时代，任何事都可以被量化。所谓风险，也只是用数据建立模型，设定参数，再估算出一个数字。31.2%，这是陈彦做手术失败的概率。"

严妍可以接受。反正最坏的结果也不过是陈彦像现在这样继续躺在病床上，陷入永恒的意识黑渊。

"死马当活马医吧……"她说。

"差不多就是这个意思，不过我是医生，不能说这种话。"医生拿出一沓文件，递给她。

文件上的条款很复杂。严妍翻了翻，几乎在每页上都能看到"免责声明"四个字。

"你刚刚说有两点，另一点是什么？"她问。

医生笑了笑，露出洁白的牙齿："这种手术嘛，有点儿贵。"

城市里另一半不用脑机头盔的人，都是因为用不起。好在严妍这些年有点积蓄，加上陈彦出事的保险赔偿，勉强能凑齐手术费。

2

陈彦醒来后，过了好一阵，才从陌生感中适应过来。

这种陌生感不是来自睽违了三年的世界，世界确实有些变化，堪称日新月异，但现在他需要适应的是体内的变化。

这种感觉难以言表。他的视野不再清晰，但也不模糊，他的眼球像被水浸泡着一样，处在一种动态的晃荡中。克服由此产生的眩晕后，他发现，只要看向哪里，视界里水波的凸面就会将该处的景象拉近，近到可以看清每一个细节。

他首先看到的是一片巨大的山峦，沟壑纵横且宽广，但色泽又介乎褐色和晶莹之间。他眨了眨眼，山峦的影像迅速缩小到原来的千分之一，旁边出现了眼睛和鼻梁。他这才意识到，刚才看见的山峦，只是这张脸上眼角的皱纹。

"你老了。"这是他对严妍说的第一句话。

严妍稍微往后退了退。为了迎接陈彦醒来，她精心化了妆，确定那轻微的鱼尾纹都被粉底和遮瑕笔盖住了，没想到还是被陈彦一眼看出，或者说，被陈彦大脑里的BCI芯片一眼看出。

"三年了，你终于醒了。"她哽咽地说。

她的声音、表情和眼神，以及藏在这三者背后的情绪，都以一种坦诚到近乎赤裸的姿态，平铺在陈彦的眼中。而此时的他尚在发愣，毕竟上一秒钟的记忆还是那辆轿车辗过来的恐怖画面，再睁眼，就换成病房里感人的情侣相认。但大脑的某个部位帮他处理了这些信息，并且告诉了他该以怎样的方式回应。

他张开左臂，抱住严妍，柔声道："没事的，这三年也辛苦你了。"随后他才意识到不对，自己的右臂去哪里了？

不仅是右臂，他掀开被子，发现左腿膝盖以下也是空空如也。

"是车祸……"严妍说，顿了几秒钟后又说，"对不起。"

于是，他也记起了车祸的原因。

两人吵架，严妍生着闷气，低头在街上走着。这时，一辆手动挡的老式汽车横穿而来。是他上前推开了她，很俗套狗血的剧情，这种桥段就连严妍这种三线言情编剧都不屑用，因为即使用了也通不过系统审核，没想到却发生在他们自己身上。身为配角，最可悲的就是拿到主角的剧本，却没有主角光环，对接下来情节的走向全然无措。

"不过别担心，"严妍说，"他们会给你装上义肢，跟BCI 系统是兼容的。"

过了好几天，他才知道自己脑子里多了个小小的芯片，以取代大脑里那些不再活跃的部位。医生说他运气很好，植入芯片后，只产生了轻微的排异反应。

"有其他运气不好的人吗？"他问医生。

医生说："很多。所以 BCI 还不能投入市场，就算用于医疗，也只有像你这样符合标准的病人才能使用。"

"所以其实一半是治疗，一半也是实验？"陈彦淡定地问。

适应过程比想象中要快，最需要花时间的是对义肢的控制。从跌跌撞撞到能够行走，他花了一个多月的时间。严妍一直在身边照顾，看着他一次次跌倒，脸和手都磨出血，想要上前搀扶，却被他赶开。

陈彦适应义肢的行走后，终于在病房里能健步如飞。严妍也很喜悦，问他感觉怎么样。

事后想起来，其实所有的一切都是从这里开始变糟糕的，只是她当时没意识到。

"好像……"当时陈彦站直身体，左腿的动力足弓在地上缓缓摩擦，"好像比车祸前，高了那么一点儿。"

3

出院后，他们回到家。

家里倒是没变，还是三年前他们租的房子，陈彦的物品也还在，连摆设的位置都差不多。由此可见，三年来严妍过的是怎样的生活。

"这三年，有人追你吧？"他问。

严妍沉默了一会儿，点了点头："我没答应。"

陈彦抱住她说："没事，现在我醒来了，后面都是好日子。"

好日子的确持续了一段时间。屋子里有了生气，夜晚也不再是严妍一个人睡。再好的性用品也只能带来感官上的愉快，而跟陈彦在一起，性与爱交融，再也不是简单的生理需求。

唯一的问题是当她处在久违的巨大快感中，习惯性去抓他的手臂时，才发现抓了个空。

这一瞬间，就像是有盆冰水泼来。

"下次，"陈彦慢慢地退出来，"我还是戴上手脚吧。"

"没关系，也不用……习惯就好了。"

但从那以后，陈彦就一直穿着义肢，连睡觉都不卸下。唯一让他跟这些精密的金属器械分离的事情就是洗澡，但通常他也会把浴室门反锁。以前洗澡时，他都不关门，并且露出调皮的表情，邀请严妍加入。偶尔他能得到一只飞过去的拖鞋，偶尔也会如愿以偿。

"肯定会有些变化。"严妍想，毕竟脑袋里被嵌入了机器。而且就算有再多变化，也好过他继续躺在病床上，陷入无意识的深渊。

而得益于脑中的BCI芯片，陈彦对义肢的操控日趋灵活，右臂的五根金属手指甚至能同时做出不同的动作。有一次，严妍看到他在电脑前编程，左手平放桌上，右手五指弹跃如飞，快到几乎出现了残影。

"这么灵活？"严妍吃了一惊，"跟弹钢琴似的。"

弹钢琴是人类手指能做出的最复杂精细的动作，但陈彦听到后，表情依旧平淡。"可惜只有五根手指，"他抬起右手，金属的五指像波浪一样依次扭动，"如果多一点儿的话，我确实可以给你弹钢琴。"

"等等，"严妍这时才发现真正不对劲的地方，"你什么时候学会的编程？"

陈彦之前的职业是美术教师，对代码很陌生。她不记得他有报班学过汇编语言，或 C++，或 Java，或程序员鄙视链上的任何一种编程语言。

"不是学，是下载。"

严妍这才知道，BCI 芯片不仅替代了陈彦脑中受损的部分，甚至对其他区域也产生了影响。比如，负责记忆的海马体，负责推演和逻辑的额叶。只要在医院数据库中下载对应的知识，陈彦就能迅速掌握它们。

她知道 BCI 技术的玄妙：戴上头盔会更专注，能调节一些激素的分泌，连焦虑或失眠也能治好。但隔着颅骨，头盔无法直接在脑子里刻写信息，只能起到修复和增强的作用。

而陈彦的芯片，显然能做到不一样的事情。

陈彦学代码，是为了找工作。

他去面试时，严妍就在家写剧本。她被幸福感包围着，写出来的本子都充满了盎然生趣，被系统评定为高分。而到了晚上，她会听陈彦讲述白天求职的经历，其实他的求职并不顺利。

很多公司会询问他这空缺的三年去了哪里。在这个年代，他无法撒谎，只能老实地回答："在病床上。"只要这四个字一出口，就会换来对方那种程式化的微笑，告诉他回去等结果。

结果都是一样的。

"没关系，"她安慰他，"你编程这么厉害，肯定会有公司要你的。"

严妍也并不只是口头祝福。她在影视圈混了这么久，还是认识几个人的。找了一圈工作后，一家特效公司愿意给陈彦机会。他们在开发一款给演员做减龄效果的软件，让陈彦参与底层构架。

"不过先说好，要是他能力跟不上……"对方老板斟词酌句地说，"我这儿可养不了闲人。你也知道现在的压力，我们当老板也不容易。"

半个月后，对方的电话又打来了。

"天哪，这么牛！我是第一次见到有人同时会用所有的编程语言，还能无缝切换，这么资深的程序员，居然还有头发，真是不可思议……"

六个月后，陈彦成了这家公司的正式员工。

严妍心里的石头彻底落地，甚至开始设想结婚的事情。陈彦曾经求过婚，她也答应了，如果没发生车祸，这件事三年前就完成了。

4

"再等等吧。"陈彦说。

"嗯？"严妍一下子没反应过来，"可我已经等了四年了！"

"可是我没有想好。"

"你要想什么？"

陈彦拉起袖子，露出金属手臂，又敲了敲左腿："我现在的身体有五分之一是金属，卸下义肢后，我都没有你重。"

"我不在意啊！"

"可是我在意。"

他们的对话就此结束。

严妍事后回味，总觉得这番对白不对劲。她是编剧，知道通常角色发生这种对话时，其中有一个人在撒谎。她确信这个人不是自己。

　　如果是以前，她会直接跟陈彦对质。但自从陈彦苏醒后，她总觉得一个人脑子里有一部机器，似乎发生什么变化都情有可原。对于这种情况，她唯一能咨询的，只有医生。

　　"根据他上个月来复检的情况来看，BCI芯片运行正常，没有出问题。"医生从数据堆里抬起头，笃定地说。

　　"可是我总感觉他不一样了。"

　　"他脑袋受了伤，又当了三年植物人，怎么都会有变化的。"

　　这时，一个想法冒了出来。她刚开始有些惊讶，试图扼杀它，但这个想法无比顽强，如春芽破土，越发苗壮。

　　"您说，有没有可能，让我知道他在想什么？"她犹豫地问。

　　医生摘下眼镜，用失焦的目光盯着严妍。

　　严妍讪讪地笑了下，为自己的异想天开而感到羞惭。她站起身来，正要道歉，只见医生对着眼镜哈了口气，用软布擦拭，再戴回鼻梁上，说："可以的。"

　　脑机技术的关键，是识别生物信号并将其转化为电信号。它的核心是数字化，将激素分泌数字化，也将脑电波数字化。

　　那个小到几乎肉眼难辨且功率强大的芯片，能精确地观察脑中单个神经元的兴奋情况。它记录下了每一次神经冲动产生的电位变化，而正是这些变化在传递信息，仿佛另一种形式的编码。信息构成记忆，而记忆被解码，转录成影像，储存在医院的数据库里。

"其实芯片能做到的，不仅是记录记忆。只要他愿意，也可以逆向影像，篡改记忆，反正怎样都是数据。"医生说。

"我能看看他的记忆吗？"

"按照规定，是不可以的。BCI 技术推广的另一个阻力，就是可能导致隐私泄露，"医生微微后仰，躺在座椅上，"但你是陈先生做手术的担保人，而且有另一个人也签了字，程序上风险不大。"

严妍坐在资料室里，以第一人视角展开的全息影像在她周围扩散。

这是陈彦最近一个月的生活，每一秒钟都被 BCI 记录下来，继而储存在医院里。她能看到陈彦在工位专注编程时的视角。他的右手后来升级过，有九根手指，长短粗细各不一样，按键时效率极高。

她快进这些画面，全息光影加速流逝，她的脸色阴晴不定。

她以陈彦的视角，重历了陈彦上下班的所见所闻，见到了他的工作和同事，见到了他下班后跟朋友、同事聚会……

她将画面倒退，发现一个女同事的脸反复出现，而这张脸一旦出现，就会在陈彦的视野中驻留多时。

陈彦在凝视这位同事。

于是严妍截取了所有关于这位女同事的画面，得以窥知他们认识的经过。

那是一个新入职的美工，模样并没有多妖艳，脸颊右侧还垂着头发，看起来更不起眼。但老板特意让陈彦跟她认识，乐呵呵地说："你们一定有共同话题。"说着，他点了点自己的太阳穴："这里啊，都装了机器。"

他说的是 BCI 芯片。

陈彦的目光向女同事的右颊聚焦。她的侧脸被放大，纤毫毕现，树木一般的发根底下，能看到她的疤痕。陈彦也撩起头发，露出同样的伤口，这个动作是严妍脑补的。她想，自己如果是陈彦，也会这么做，像森林里，野生兽类亮出只有同族才懂的标志。

"你好。"陈彦低声说。

"你好。"

他们的初见如此简单，后面也不常见，隔几天才会在公司的某个角落遇到，错身而过，并无交谈。但错身的一瞬间，陈彦会放大她的眼眸，乌黑的眼珠充斥着整个视界。对方眼珠微动，精光闪烁，似乎也同样在放大他的眼珠。这是脑机侵入者的对视，彼此都能在对方眼中看到自己的倒影。

严妍感到有些无力。她只是普通人，不知道在这种对视中，他们交换了什么信息。

严妍连忙快进到陈彦最近一次见到女同事的那晚。女同事在路边躲雨等车，陈彦开着车，从她身边驶过。一分钟后，他又倒回来，滑下车窗。雨幕中，她的脸无比清晰。

"我送你吧。"陈彦说。

对方在犹豫。

"我们比普通人更不能淋雨，"陈彦讲了个不好笑的笑话，"我们有手术的创口，脑子里容易进水。"对方没有笑，但还是上了车。

雨滴在车窗上汇成无数细流，雨刷再怎么努力地摇摆，也无法阻止它们在陈彦的视野里蜿蜒爬行。随着街边景色变得氤氲一片，他们朝着迷乱的光和影驶去。

陈彦始终盯着前方，所以严妍看不到女同事的脸，但能听清他们的声音。

"你植入多久了？"陈彦问。

"五年。你呢？"

"一年。"

对方笑了笑，说："那你需要适应的东西还有很多。"

陈彦说："作为前辈，你有什么建议吗？"

"有很多建议。比如保护你的脑袋。BCI芯片就像在大脑上开了个窗，能让你有更好的视角，别人也能透过玻璃看进来，甚至只要黑客改变芯片的一点点数据，你就会成为另一种性格的人。你可以下载安全卫士。还有，多下载几种语言，语言是各种技能里最有用的……"女同事说了一大串建议，最后停顿了几秒钟，继续说，"但最重要的建议是，你必须意识到，你已经跟人类不同了。"

这句话让严妍和陈彦同时吃了一惊。

"你是说，我们植入了BCI芯片，就不是人了吗？"陈彦问。

"从生物归属来说，我们当然还算人类。但我们的脑袋已经变了，感知世界的方式也不一样了。以前你用手拥抱一个人能感觉到幸福，现在你只要适当地让BCI芯片给予电信号刺激，就会有同样的感觉。我问你，你现在还对性有兴趣吗？"

严妍下意识屏住呼吸，在一片沉默中等待陈彦的回答。

"没有。"

"因为只要你愿意，你随时可以控制下丘脑，分泌多巴胺和内啡肽。连人类最原始的冲动和快乐，我们都可以随时模拟，甚至超越。我们可以省去漫长的学习过程，直接掌握技能，只要大脑能承受得住，古往今来所有知识都能储存。你操作机械臂，比你健全的手臂都灵活。你看看，你的左手都快退化萎缩了。你觉得我们还算……还算常规意义上的人类吗？"

陈彦似乎叹息了一声："听起来我们的确已跟人类背道而驰，更像是一部机器了。"

"从严格意义上说，人体本身就是一部机器。只是我们现在换了一套运行系统。"

"听起来就很卡顿、很奇怪，"陈彦说，"那像我们这种人，人生有何意义呢？"

"我的另一个建议是，不要去想这些问题。两年前我认识了另一个植入 BCI 的人，他就是没想通，最后徒手把芯片挖了出来。"

"那他自己呢？"

女同事没有回答，而答案不言自明。

"不过也想想好的一面吧，"陈彦说，"只有我们这种脑死亡的人，才有资格做侵入式脑机治疗。换一套系统，总比一直死机要强。"

"那倒是。"

车继续往前，高楼逐渐变得稀疏。这里是城市的边缘。灯火通明的楼宇和车灯摇曳的街道被甩在身后，成了我们这个故事的背景板。

"你一个人住这里？"陈彦看了看周围，这里不像是一个光鲜白领居住的环境。

"嗯。你是跟女朋友住一起吧？车里有女生的痕迹。"

陈彦点了点头。

"出事前，我女儿刚出生。其实我受伤很严重，他们说是因为我太想再见到我的女儿，所以靠意志力在支撑。其实好几次医生都要宣布我失去生命体征，但我挺着，一直没死，"女同事平淡地叙述，声音里听不出感情波动，"后来植入 BCI 芯片，我就醒了。我如愿以偿地抱着孩子，但问题是，我再也没有了作为母亲的感觉。这个人类雌性幼体，嗜睡，流鼻涕，喜欢发出声响来引起成年人的注意，来汇聚更多有利于她成长的资源。她只是一堆血管、脂质和蛋白质，跟我唯一的联系是我们高相似度的 DNA 序列。但这有什么意义呢？同一条产品线上出来的两台电饭煲，难道就应该相亲相爱、不离不弃吗？"

"那……你孩子现在怎么样了？"

"不知道，我已经四年没有见过她了。"

又是一阵沉默。陈彦把车开到一栋楼前停下。雨小了不少，雨滴舔舐着车顶的玻璃，噼啪声绵绵不绝。

"我到了。"女同事说。

陈彦"嗯"了一声。

同事没下车，突然轻声一笑："也别这么绝望。我们这类人，也有自己的乐趣。来吧，我教你。"

"我要做什么吗？"

"你就坐着，也不用说话，但开放你BCI芯片的权限，"同事的声音如同呓语，"让我连接，让我进入。"

接下来，他们真的没有动，并排坐在主副驾驶位上，也不再交谈。严妍看到的全息影像静止了，但她知道某种她无法理解的事情正在发生。她甚至都"喂"了一声，想叫醒全息影像里的人，但无人回应她。她也不敢再快进，就这么坐着，任静止的画面流逝。

雨声依旧响个不停。

这情景持续了近两个小时。

最后，陈彦和同事的呼吸声同时加重，似乎断开了连接。陈彦满头大汗，大口呼吸了几分钟才喘匀，喃喃地说："这？"

"这就是数据交融。"说完，女同事下了车。

5

严妍失魂落魄地回到家时，陈彦正在编程。敲击键盘的声响不绝于耳，让严妍心烦。在严妍听来，这噼里啪啦的声音仿佛雨声。

她坐到陈彦对面。

陈彦抬起头，看着她，突然一笑："你知道了？"即使在看着严妍说话时，他的右手依旧不停，屏幕上的代码如流水涌过。

严妍问："你们在车里做了什么？"

"你窥视了我的记忆，应该知道，我们什么都没做，也没有任何肢体接触。"

"你骗人！难道你们就这样发了两个小时的呆吗？"

陈彦叹了口气，说："我不知道你能不能理解，我们在交换数据。"

"什么数据？"

"知识、痛苦、经验、愤怒……见过的最美风景、最黑暗的往事、病态的癖好、美好的心愿……人生感悟、梦境、食物的味道、童年、爱过和恨过的人、看过的电影和听过的音乐……总而言之，就是一切。我们所经历的一切，都被BCI转化成了数据。我们在交换这些庞大的数据，体验对方的人生。"

严妍瞠目结舌。她的确无法理解，对面的陈彦依然是熟悉的面孔，但两人之间裂开了巨大的鸿沟。

"我宁愿你告诉我，你们在做什么苟且之事，"严妍说，"那样，我至少还可以恨你。"

陈彦的右手停止敲键盘。他安静地看着她，然后说："但我没有做对不起你的事。我没有出轨，我也并不爱她。"

"可你跟这个女人做的事情，比肉体出轨或精神出轨还要……"想了半天，她才想出一个勉强能用的词，"亲密。"

"这我没有办法。我运行的是另一套程序，而且这跟性别无关。你想想，如果这位同事是男性，难道你就不生气了吗？"

严妍一时语塞。她回家前准备的所有说辞，在陈彦面前毫无用处。原来不管是收入，还是言语交流，甚至性爱，都是他在让着自己。这种落差，更让她觉得两人之间的鸿沟，几乎难以逾越。

想了半天，她才想出一句话，尽管这句话让她羞于用在自己的剧本里。

"那你，还爱我吗？"

6

医生听完后，颇为好奇："他是怎么回答的？"

严妍摇了摇头："他没有回答。"

"那你们还在一起吗？"

严妍点了点头。

"也是，两个人在一起有很多原因，爱情只是其中之一，"医生安慰道，"既然这道坎过了，那你为什么还来找我？"

严妍深吸了一口气，抬头直视医生："我也想植入脑机接口，既然他跟我不在一条道路上，我想，我可以去跟着他，走另一条路。"

"哪怕会放弃很多东西，包括人性？"

"哪怕放弃一切。"严妍坚定地说。

医生微笑道:"我很欣赏严小姐的勇气,我也衷心希望你能寻回爱情。只是,这次我不能帮你,"他别过头,不去看严妍的表情,解释道,"我跟你说过,侵入式脑机接口在法律和伦理上都有一点尚待解决的问题。只有大脑坏死的患者才有资格植入,而且植入了也不能保证克服排异。"

严妍从医院无功而返。她没有打车,而是跟游魂一样在街边游走。她路过许多窗户,有饭店、咖啡馆和办公楼。里面的人都戴着脑机头盔,专注地工作。谁都无法否认,脑机接口技术让世界变得更美好,高效又便捷,也治愈了许多疾病。新技术的到来就像洪水奔流,席卷着整个世界,只是这股浪潮太过汹涌,张开双臂迎接它的人,总有几个会被裹挟着,在水里翻滚,撞得遍体鳞伤。

很遗憾,严妍就是其中一个。

又或许,是自己的双臂,张开得不够彻底?她想着,站住了,凝视街道上来来往往的车辆。四年前那一幕涌上心头,医生的话如魔鬼般在耳畔低语,一遍遍回荡。

一辆轿车从远处疾驶而来。

严妍深吸了口气,露出微笑。她张开双臂,迎着飞驰而来的汽车,像是在迎接死亡,抑或崭新的生活。

尾声

"很不幸，严小姐的排异反应太严重，BCI 芯片无法继续运行，她的大脑功能正在不可逆地丧失，"医生遗憾地说，"请节哀。"

陈彦站在病房外，看着玻璃墙内的病床。从他的角度，看不到严妍的脸。

"也就是说，她正在死亡，是吧？"陈彦轻声问道。

"是的。"

"但还没死。所以，BCI 芯片还来得及复刻她所有的脑部信息，"他转头对医生说，"请尽快运行复制程序。"

他的口吻冷淡得出奇。医生一怔，随即想起一件事："你之前早就签了字，允许严小姐查看你的记忆，你早知道她会来查？"

"她的心思很简单，再加上 BCI 芯片的辅助，我很容易就能推测出她的行动。"

"那么，"医生打了个寒战，"所以你也能猜测出她会用极端的方式，试图让自己脑死亡，才能植入 BCI 芯片。你……你根本就是在一步步诱导她！"

"你没有证据。"陈彦简短地说。他一直盯着病床，床头的仪器显示，芯片正在提取严妍的大脑信息，而严妍正在死去。

"可是……可是……"医生慌乱地取下眼镜，可无论怎么擦拭，镜片上都是模糊的，"为什么要这么做呢？"

陈彦没回答。他耐心地等待复刻程序结束。BCI 芯片被取出，他捏着这小小的芯片，端详着。芯片小如尘埃，在他的拇指与食指之间近乎透明。

但他看着看着，突然笑了，转过头回答医生的问题："因为这样，我就可以和她真正交融，永远在一起了。"

沉默的永和轮

梁清散

　　如果一百多年前，有四个人在四个视角，每间隔一小时就进行记录，那后人在看这些记录时，简直就是调出了一百多年前的监控录像。

　　"你知道永和轮吗？"

　　当邵靖挑衅一般地问出这句话时，我差点儿就用"废话"两个字回应他了。

　　日俄战争后，日本为了答谢大清国不出手帮沙皇俄国，使得日本获胜，送了一艘新造的蒸汽机动游艇给慈禧老佛爷作为谢礼，名为"永和轮"。如今，它被安置在颐和园的水师学堂旧址，供游人自由参观。这种常识一样的历史文物，有谁能不知道？

　　然而，让我万万没想到的是，正是这个常识般的永和轮，竟藏着超出常识的事件。一份与永和轮息息相关的文献综述格式的报告，连带一起发生在1907年的杀人事件初步调查，摆在了我的面前。

　　报告的内容全部源于练兵处的一部名为《营造档》的档

案文献。只不过报告是文献综述形式，并未把全部文献都摘抄进来，只是引用基本文献将案件讲清楚了而已。因此，信息相对不足，我们姑且只是了解到事件的大概。

事件发生在光绪三十三年（1907）九月二十日，在圆明园后湖北岸的二层楼建筑上下天光，身处二楼的留日归国学生杨继死了。同时，在后湖上，永和轮翻船，船上另一名留日归国学生孟指然翻入湖中。大概是因为杨继的死状略显奇异，文献中有所记录，"杨继尸体，双手皆有树状斑纹，牙齿咬紧，面目狰狞"。而对于孟指然，记述则相对简单，只有"失踪"二字。

有意思的是，档案中记载，事件发生时在场的所有人，皆在上下天光的下层。也就是说，上层只有死者杨继一个人，而在后湖的永和轮上，也只有孟指然一个人。究竟是密室杀人案，还是双密室？

"你应该知道，清代的档案记录。"邵靖在最对的时机开了口。

是档案记录里还有什么隐藏线索？我开始揣摩他话里的深意。

当然，他不可能给我仔细思考的机会，这才是他先发制人的作风。

"很多档案都是派专门做记录的太监当场记录的。"

"相当有纪实性嘛。"

"不用岔开话题，《营造档》更特殊一些，姑且不追究其原因，它竟是以洋人小时计时，每个小时记一次。在上下天光，一共有四个记档案的太监，也就是说……"

"是一本相当厚的档案文献了？"我是故意打断他的话的，实际上他说的都是报告上所写，根本不必赘述。

邵靖对我嗤之以鼻："四个太监两个在上下天光一楼，两个在上下天光楼外一左一右，每个小时从四个视角记录一次，有四人在场，全在太监们的视野内，被记录得清清楚楚，然后二楼的人就死了。还有永和轮上的人，湖里没有其他人。全都在《营造档》中被记录得清清楚楚。"

他只是在转述报告里已写好的内容。

"就像是……"

"监控录像。"

邵靖又抢我的话。

但这么形容一点儿没错，如果真像邵靖所说，有四个人在四个视角每间隔一小时地记录，简直就像是调出了一百多年前的监控录像来调查这起一死一失踪的案件。

原来还是一个监视密室。

"所以，"邵靖显然是等待多时了，得意至极，再次问出了同样的问题，"你知道永和轮吗？"

我咬着牙，最终还是满足了邵靖的期待，摇了摇头。

算是让他得逞了，谁让他掌握了我所不知道的文献呢？但话又说回来了，这份报告并非邵靖所写，原作者另有其人，而且此时就在现场，面带微笑地观看了邵靖戏谑我的全过程。

她名叫葵井菫，作为一个日本人，中文说得非常流利，除了偶尔的句式还很日式以外，几乎听不出是一个外国人在讲中文。但更令我惊叹的是她给我的名片上的内容。名片上简约地写着两列文字：神户海洋博物馆学艺员　葵井すみれ。所谓学艺员，在全日本博物馆从业人员中，仅有五千多人拥有学艺员资格，可以说是日本博物馆系统中的精英阶层。而现在能见到如此年轻的一位博物馆学艺员，很难不让人赞叹一番。但大概葵井小姐早已对这种陌生人的赞叹习以为常，失去了回应的兴趣。

恐怕是因为葵井小姐过于精英的日常，她做事更不喜欢拐弯抹角，十分直接，带着一股不可一世的气势，同时将一份中日双语合同放到了我的面前。

"委托调查？"

我脑海中仍被刚才报告里看到的密室所占满，但还是看了看合同，竟真的是有偿委托。

　　我不过是一个文献爱好者而已，虽然偶尔会查到些鲜为人知的史料，拼接些无关紧要的历史碎片，但即便只是在好友邵靖这位就职于历史档案馆的底层精英面前，我依然是微不足道的存在。此时的我何德何能，竟接到一份文献调查的有偿委托合同。况且……我粗略翻了一下这份合同，委托方许诺的报酬还相当丰厚，并可以为我报销调查的一切开支。这真的是一份待遇丰厚、要求宽松、求之不得的委托。若一定要说有什么限制，大概只有合同里规定要求我必须每周都要向委托人，也就是葵井小姐汇报一周的调查情况。不过，由于没有完成工作的时间限制，这种强制汇报的条款可谓形同虚设。

　　看到报销，我似乎明白过来这个结果之中的逻辑关系。实际上，如此待遇，如果是转到历史档案馆这种科研机构去申报课题项目的话，又微不足道。大概这就是为什么邵靖会把这份委托转交到我的手上。一方面是可怜我这个没有正经工作的家伙，帮我找点儿钱赚；另一方面则是因为单独项目经费问题，无法把这个调查纳入合作项目中，又不想辜负了委托方期待的权宜之计。

　　我拿着合同看向了邵靖，发现他好像是在默许我心中进行的逻辑推演一样，悄悄点了点头。我无奈地在心里笑了笑，继续翻看合同。原来这份合同委托调查的内容，同样看上去微不足道。他们只是想让我调查近期在神户海洋博物馆的"明治·川崎"特展上的一件民间送展展品。展品编号为 K301，合同上附有照片，是一件带有斑斑点点的绿色锈迹的铜箔。在铜箔上，有排成三行、间距和排列方式各不相同的孔洞，铜箔的边缘有不太规则的卷曲痕迹，算是几点与众不同之处。不过，它依旧微不足道。这种微不足道，甚至看起来和刚才报告中那起上下天光上的密室杀人事件都毫无关系。

合同远没有文献综述有趣，简直毫无吸引力。然而，我还是拿着这份味如嚼蜡的合同看了又看，就像我能懂得每一句经过深思熟虑、千锤百炼的条款似的。

"委托调查我接了。"我就像慷慨就义一般，拿起了早已准备好的笔，在一式两份的合同上签了字。

看着我签字，邵靖立刻露出一副"这样才对嘛"的表情。果然正中他的下怀？实际上，蹊跷的地方太多了，因为那卷铜箔找出一起百年前的疑案？不是不可能，只是……两份合同我已经签好，递还给了葵井小姐。

"不过，接受这份委托，我有一个条件。"我的补充他们一定早就预料到了，在他们拿出那份报告做敲门砖时就已预见。

葵井小姐向我点头，请我讲出条件。

"关于这卷铜箔的调查，我希望可以按照我自己的意愿做，方向若有所偏离，也请务必按照我的意愿让我继续调查。"

"没问题的。"葵井小姐礼貌且精致地微笑着再次点头。

本来也没问题，只要我签署这份合同，合同本身并不限制我的调查方向。

"只要保证每周汇报调查结果即可。"她补充道。

"同样没问题的。"

签字，握手。随后，葵井小姐主动将这次会谈的咖啡钱结了，表示这已经属于委托合约中的报销项目，并愉快地结束了这次委托会谈，拿着合同走掉了，只留下我和邵靖两人。

一直坐在我对面的邵靖，我是真的有点儿看不懂他现在的态度和表情了。他的表情大概就是想说，我绝对会一头扎到命案里去，铜箔的调查只能看运气，可怜了葵井小姐。

真是懒得理他，我甩给他一句"你也跑不了，给我找文献去吧！"便想离开，结果却被他给拉住了。

"怎么？"我有些疑惑。

他却欲言又止，迟疑了一下才说："难得的机会，好好调查吧。"我随即又道了声"回见"，然后收拾电脑离开了。

我终于回到熟悉的电脑桌前，却一点儿都不轻松。

幸好基本思路还是有的，只不过从起步开始就要偏离葵井小姐的期待了。话说，葵井小姐太精致了，从发饰到着装再到妆容，甚至一举一动、一颦一笑，都尽显"精致"这个词所应该有的样貌。她应该是受过什么严苛的训练。

大概就是因为我心不在焉地胡思乱想，所以打开电脑之后没有直接点开数据库网页开始工作，而是先打开了邮箱。

打开邮箱我便看到有一封新邮件，发件人当然只会是邵靖。邮件是一个小时以前发来的，基本上是我们从咖啡馆出来之后，他就发给我了。邵靖这个朋友，从头到脚就是一个怪人，他和我的联络方式，就足以对"怪"字注脚。邮件联络，在其他人眼里恐怕是古老到了奇怪的程度。我甚至连他的微信都没有。我对他提出过"这样还算得上朋友？"的质疑，他却给出最合理的解答，"邮件传送文献更方便"。这样说来，原来我与他多年的友情不过是"文献之交"而已。

而这个透过屏幕的文献之交，还有着不少恶趣味，比如现在……

我根本不去奢望什么，直接点开了邮件。

果不其然，邮件只有一句话："可以去清华大学找找看。"

内容只有这么不明不白的一句话，但他那副一切尽在掌握、扬扬得意的嘴脸，早就从屏幕里溢出，扑到我的眼前。然而，即便我不想承认也没办法，他毕竟是我的文献之交，话说得再不明不白，我也能确定我和他的思路是一致的。

显然，邵靖是提出了找练兵处《营造档》的目标地点。只是偏要故意不完全透露，让我去猜主语。不过他的判断相当准确。

从葵井小姐特意来到中国委托调查来看，她显然知道调查所需要的文献都在中国。即便她的中文再好，恐怕也没有阅读大量中文文献的能力。于是干脆申请了经费，花钱委托中国人来继续调查。最后从练兵处《营造档》来看，清代档案极为繁杂且详尽，上到皇帝起居穿戴，下到文武百官的朝政琐事，只要认为值得记录，统统都会建档，找些专门做档案的太监一五一十地记到册上。因此，文献浩如烟海，整理的工作量相当巨大，现在基本上由故宫博物院、古语所、北京大学、清华大学等多家机构各取所长地整理并馆藏。其中清华大学因为有建筑史专业，相对来说更倾向于收集整理建筑类档案文献。而营造与建筑相关，因此其档案存放在清华大学合情合理。

具体会在清华大学的哪里呢？关于建筑类的档案，自然会和内务府营造司的样式底样（样式房的建筑设计草图阶段的图纸，多为单线条图）、烫样（采用纸板制作的建筑模型，细节逼真，并有贴纸标注尺寸及装饰说明）等珍贵档案文献一起存放在建筑学院资料室了。

我看了看时间，现在已经来不及跑一趟清华大学了。于是定下了第二天一早过去的计划，并再次用电脑仔细检索一番，确认练兵处的《营造档》确确实实从未有过电子归档，只能去现场扒故纸堆后，我便关了电脑，揉了揉眼睛，准备养精蓄锐，迎接第二天真正繁重的劳作考验。

而这个考验的第一题，还真有点儿出乎我的意料。虽然我看过不少建筑类的文献，但清华大学建筑学院资料室我还是第一次来。光是找到资料室我就费了一些力气，在资料室门前徘徊确认了许久，只能困惑地推门进去问个究竟。幸好这时有一位学生样子的管理员上前询问，我才确认这里就是资料室。

可是，即便确认了，这里也着实不像一般意义上的文献资料室。我所去过的档案文献资料室都是一个样子，几张供阅览的长桌，再面对面或并排摆一些沉重的木头椅子，在资料室的尽头有道门，门里是馆藏的珍贵文献，门边坐着帮读者进门找文献的管理员。而这里，进门左手边是一面玻璃墙，玻璃墙里面有几张办公桌，接待我的学生管理员就是从里面出来的，这里显然是资料室办公室的所在地。资料室的开间面积则是另一个与众不同的地方，过大的面积，还有敞亮的落地窗。在落地窗边，沙发、会议桌显得很气派，另一边则是展示墙，上面全是建筑专业学生的设计展示。

这哪里是一个档案文献室的样子？

算了，管不了那么多，我直接向接待我的学生管理员询问如何查阅档案文献。

实际上，作为一名民间文献爱好者，我知道手上没有介绍信或者科研课题文书，想要看到稀有古籍文献是相当难的。所以，我在问的时候，并没有抱太大希望，如果不行，就只好去找邵靖帮忙，反正他每次都能想办法搞定。

然而就算我再富有经验，学生管理员的回答也再次出乎我的意料。

"我们这里付费就可以看。"她大方地说。

付费？我愣住了，想揣摩一下她说的到底有什么深意，她就又满脸抱歉地补充了一句："只是我们的收费有点儿贵。"

只是有点儿高的收费标准？

没事，贵不怕的，反正有机构给我报销，我差点儿把这种话说出口。

"可以开发票吧？"我真正再次问出口的是如此实际的话。

她只是说了一声"能"，就开始公示一般地给我讲他们的收费标准。

真的不便宜啊！听得我瞠目结舌。除了文献的复制费高达几十块钱一页以外，就连阅读文献竟也要按小时计费。我几乎要再次确认是否真的能开发票了。

管理员看我有些迟疑，便毫不在意地说了一声："考虑好了再来，反正档案跑不了。"说着，就要回她的玻璃门隔间。我立刻让自己的眼神坚定下来，叫住了她。

"好，那你就去那边查吧，时间我从你调档案开始计，翻目录的时间就不给你算了。"

简直是优惠大酬宾！随即，我往她指的电脑方向看去。

刚才我根本没有注意到，这个敞亮的房间里竟有一张极具临时感折叠桌，桌上并排放着四台陈旧的电脑，反正能看就行了，别奢求太多。

细看，这些电脑还不仅仅是陈旧，它根本就是学生们用来交作业用的公用电脑。不只如此，我找了半天也没找到数据库系统的入口，直到病急乱投医地随便乱翻时，才发现硬盘里存着一个目录文档。文档里全是 Word 文件，这些文件正是清华大学建筑学院资料室馆藏的珍贵档案文献目录。竟然直接用 Word 文档做目录文件，万一被谁误删误改了怎么办？我不禁替他们捏了一把汗。

算是万幸，我没打开几个文档，就真的检索到《营造档》

了。正如我和邵靖所判断的一样。然而，这时我脑中想到的场景是精致的葵井小姐，同样坐在这里检索到《营造档》，不由得感到画面有些好笑。

档案文献检索号交给学生管理员后，她迅速就从旁边的小房间里取出了档案。其速度之快，令我瞠目结舌。而递来的档案文献，倒是让我恍然大悟。

原来是光盘，怪不得他们能这么大大方方地让外校人员来看，他们早就把文献全面电子化了。

算了，别人单位的事，我操不上这份心。

拿着光盘，我回到刚才一直在用的旧电脑前，打开光盘中的文件。

是《营造档》。

终于，"监控录像"让我找到了。一死一失踪的监视密室，我可以开始正面进入，一探究竟了。

案件果然比想象中的还要复杂。

这份练兵处的《营造档》实际上是用来记录圆明园上下天光重建工程的。由于是四个人每小时的记录，整整一张光盘全是这一份档案，可以说信息量相当之大。因此，没有时间通读档案的我现在便姑且将重建上下天光的疑点放至一边，先把案发现场弄清再说。所幸案发之后，《营造档》便停止记录，体量再大，翻到最后还是能立刻看到案发实录。

案发时四份记录分别如下：

之一：

十五点，方总监督至月台码头，待看汽轮运行。马全安雕碧纱橱，与洪广家交谈不停。上层运行声响大作，汽轮通电准备就绪。后湖无风无浪，秋色正好。陆军部尚书大人携陆军诸士亲临后湖南岸观看汽轮运行。汽轮急速前行右摆，再前行，几撞西岸，上层围栏骤断，汽轮翻入湖中。大乱。传杨继死于上层堂室。

之二：

十五点，方总监督穿堂至月台。日本国友于上层调试完毕，回新立水师学堂待命，离开。洪广家清点装饰木材细账，与楼外马全安交代节省木材事宜，马全安对答如流。上层声响渐明，是为陆军部尚书大人展示汽轮成果准备。楼外大乱，传是汽轮翻船。至上层，见围栏已断，杨继死于电报台前，双手树状斑纹，牙齿咬紧，死状狰狞。

之三：

十五点，张永利绘制墨线底样。听闻洪广家与楼外马全安言语，争执不休。室内无风，微感憋闷。上层电力运转，声响隆隆。听闻陆军部尚书大人已至后湖南岸。楼外忽大乱，是传汽轮及孟指然沉没。再传杨继于上层暴毙。

之四：

十五点，方总监督匆至月台，望观汽轮运转全程。张永利于案头绘图。上层声响，准备就绪。陆军部尚书大人一行亲临后湖南岸。孟指然站于汽轮上，使汽轮锅炉运转，黑烟亦起。汽轮忽动，急速乱行，上层围栏随之断裂。汽轮于撞西岸前，覆没湖中。并传上层杨继死。

且不说这个《营造档》记录的文笔有多糟糕，所幸把事情都清清楚楚地记了下来，只是看了案发当时的四条记录，我已经冒出了更多疑问。

姑且把档案中的汽轮视为日后的永和轮，那么"之一"所记给汽轮通电是怎么回事？永和轮是小型锅炉蒸汽机动船，这是肯定的，根本没有任何设备需要通电。另外，"之二"中还提到了杨继死在电报台前，这又是怎么回事？电报起到了什么作用？继续把目光转回永和轮，显然案发当时，是要运行永和轮给陆军部尚书观看。这个演示又有何意？作为次年移至昆明湖为慈禧老佛爷献礼而预演？未免有些过于兴师动众，并且预演的时间也过早了些。更重要的是，一切记录似乎都找不到和那卷铜箔有关的线索。

线索、疑点和信息本身已经交错成一团乱麻。

现在能做的只有耐住性子，搁置下绝大多数问题，找到线头抽丝剥茧，才有希望解开。

而当下需要且应该可以确定下来的有两点。我便先从这两点入手，看能不能有所进展。

可以确定的第一点，正如昨天葵井小姐给我看的报告所述一样，共有四个人在案发当时身处现场。这四个人分别是在月台码头的方总监督、在雕碧纱橱的马全安、在盘点算账的洪广家、在绘制底样的张永利。另外，还出现了两个并未提及姓名的人，一个是虽然在过二楼但已经离开、回新立水师学堂的日本国友，另一个是来到后湖南岸，也就是上下天光的湖对岸的陆军部尚书。按记录和地理条件，此二人基本可以排除在外，依旧只看四人即可。在这一点上，我基本同意葵井小姐报告的观点。

可以确认的第二点，实际上让我自己有一点点自豪，算得上是我来资料室之前做了预备功课的成果回报。

虽然尚不清楚为什么上下天光这座并不算突出显眼的建筑，能经历庚子国难依旧独活于圆明园，但它的结构还是不难找到的。并且上下天光的结构本身就不复杂，上下天光的底样，以及后湖和上下天光周围的地形，我都已经记在了脑中。配合上四条记录,基本上可以判断出四个档案太监所站的确切位置。

看记录,太监之一与太监之四记有汽轮急行和翻船,之二与之三只记有楼外大乱。由此可知与报告所述一致,两名太监在外,两名太监在内。楼外的两名太监,仅有太监之一记录马全安,太监之四并未记录。由此可知,马全安与太监之一同在楼外一侧,而太监之四在楼体相对另一侧。上下天光西侧有造山景的小土丘,由于楼体与小土丘距离较近,楼外空间相对狭窄,很难想象一名可以雕碧纱橱的工匠会选择这一侧做工。因此,基本可以判断,马全安与太监之一在地势宽阔的楼体东侧,太监之四在西侧。并且太监之四并没有记录二楼情况,可知他所站位置不会在小土丘上,而是小土丘与楼体之间。

依旧先关注楼外两名太监。

上下天光的月台挑出于水上,月台前再设木码头。因此,站在陆地上观察的太监之一、太监之四,既要看得见后湖上的汽轮以及南岸的陆军部尚书一行,又不能被上下天光的楼体遮掩,还能看得到站在码头上的方总监督,这样的位置唯有上下天光东南、西南两角外侧附近。

至此,太监之一、太监之四所在位置基本确定。

接下来就是太监之二和太监之三两名楼内太监的位置,相比楼外的两名太监,他们的位置反倒更容易确认。

根据样式雷留下的上下天光底样，很容易了解到下层的格局。下层分为三大间：正堂明间正中设宝座床，以便皇帝在下层欣赏湖光山色；东次间设有楼梯，用碧纱橱与明间隔开；西次间与明间有板墙相隔，独立成间，门为隔扇门，与东次间楼梯口相对。另外，从能找到的上下天光烫样照片资料中可以看出，整座建筑围墙安装有支摘窗。亦有资料表明，在道光时期，支摘窗的整窗用纱已换为玻璃。

以上都是文献记录的关于上下天光的具体信息。当然，如若与现在所看档案记录对照来读，就知道此建筑在光绪三十三年时与早期设计建造维护时的记载相比多少有些改变。

在太监之二的记录一开始，就有"方总监督穿堂至月台"，所谓穿堂，自然是要贯穿整个明堂，也就是说在明堂的北墙有门才可能完成穿堂的动作。然而，如果照样式雷底样所绘，明堂正中有宝座床，明堂北墙是不可能有门的，因此唯一的可能就是此时明堂为空，并且是长时间空置的。

只有太监之二看到了从上层下来回水师学堂的日本国友，完全可以确定他正处在能看得到楼梯的东次间。然而，其中也有些许矛盾依旧存在。假若太监之二在东次间，那么他是如何看到穿明堂而过的方总监督呢？这倒是不难解释，东次间与明堂之间并没有板墙相隔，只有数扇碧纱橱作为隔断。而在楼外的马全安所做的工作，正是在雕一扇碧纱橱。即便无法判断他所雕的是否正是东次间的隔断，依然可以知道的是，此时的上下天光内部装修并没有完成，仍旧处在进行状态中。既然太监之二能看到明堂，说明两间房间的隔断并不完整，而非其他。

最后再看太监之三，他是所见最少，但听到的比较多的。从这一方面可知，只有他和正在绘制底样的张永利一起在是独立空间的西次间里。

四名太监所处位置确定完毕。

真的是要长吁口气了，我用力揉了揉眼睛，才忽然发现那位学生管理员已经站在了我身后，着实吓了我一跳。

而她只是例行公事一般向我微笑地说："今天的阅览时间结束了。"

"嗯？才几点？"我确实累了，但现在只是中午，怎么也不可能是一天结束该在的时间。

"下午有团建活动，中午闭馆。"学生管理员温柔地向我解释。

原来可以这样理所应当……

这样一来，我意外获得了整整一个下午的空余时间，干脆不要浪费，做一些正事好了。所谓正事当然就是回到家以后，静心地去履行一下委托合同上要我办的事。

事分轻重，其中首要去做的，自然是确认合同的调查对象——那卷铜箔和永和轮以及上下天光命案的相关性了。只有确认了这个，我才知道自己不务正业地瞎忙活的事到底在委托中占多少比重。

这样想着，我已经打开了神户海洋博物馆的官方主页。

博物馆繁杂的介绍内容一概略过，甚至连"川崎世界"的专区页面我都没有去打开，而是直接打开了近期的新闻公告页面，逐一检索。只是翻了一个月的信息，就找到了"明治·川崎"的特展企划公告。再沿着特展企划公告溯时而上，终于看到了我所想要的：在企划公布伊始，有一条展品征集广告是一同发布的，广告发布在众多报纸上，再转载回网站。然而，看到这条征集广告，我有些失望。

虽然它可以证明铜箔确实是从民间征集而来的，但因为发布和转载的媒体过多，就算是偏远的冲绳或者北海道，也都在覆盖范围之内，所以很难把铜箔的来源范围缩小。

其实这倒不算是空手而归，我可以再换一条线去检索，看看能否有所进展。

我把委托合同又拿出来，不是为了看上面的条款或者报酬金额，而是想重新看那卷铜箔的照片。

照片拍得十分清晰，更重要的是它不仅把铜箔拍了下来，而且它的博物馆简介同样在画面里清晰呈现。简介相当简洁明了，只讲了在 1940 年，川崎重工在北京颐和园昆明湖底捞上永和轮来，这卷铜箔是在锅炉和炉壳之间的缝隙中发现的。

其他任何信息都没有了。到现在为止，可以说依旧是严重的信息缺失，但将这些线索集合在一起，我有了自己的判断：铜箔和永和轮应该是有极强关联性的。

之所以判断得如此笃定，一来是因为它的发现地点，如果和轮船没有很强的关联性，那么一卷和动力毫不相干的铜箔，怎么可能出现在蒸汽机那需要保持温度平衡的地方。二来是统观永和轮的历史记载，它被启动过两次：第一次是在 1908 年颐和园龙王庙献礼仪式上，结果还没有开出多远，就因为机械管道堵塞而出现故障，尴尬收场；第二次是在民国建立之后，作为清室私产，在颐和园供游人乘坐，但再次因为年久失修无法开动，最后不了了之。最终因为停放时间过久，船底板漏水，沉到了昆明湖底。由此可见，在现有的历史中，永和轮就没有真正开动起来过。如果炉壳里有这么一卷铜箔在作祟，那么问题全都变得迎刃而解了。

换一个角度来看，因为在 1908 年献礼仪式上，永和轮就没有开动起来，所以基本可以确定铜箔在那个时候就已经在炉壳里面了。那么，为什么会有一卷毫不相干的铜箔在炉壳里，恐怕就和那起发生在 1907 年圆明园上下天光的命案有关了。

这些信息基本确定之后，我几乎是面带满意笑容地去检索排在第二位必须先查清确认的信息——关于永和轮本身的疑点。更明确地说，就是要确定《营造档》里所记述的那艘汽轮到底是不是永和轮。

国内关于永和轮的文献寥寥，只有清代的起居档案记录过永和轮是在 1908 年抵达颐和园的，而这也只能算是孤证。经过了一个多世纪，还没有新的档案文献出现，看来想要找到关于它的新史料，唯有从另一角度去检索，也就是说对生产方而非被赠予方进行调查。

作为日本明治时期造船业的巨头，川崎造船所的造船数量相当可观，或者说是恐怖。但只要将时间范围缩小到两三年内，检索工作量倒是不会太大。唯一的问题在于，我不可能在中国通过网络查到一百多年前川崎造船所精确到个体上的造船记录。

新的困难又出现了。不过，我只愣了片刻就想到了办法。历史总是给后人带来不少的便利，明治政府为了快速提升日本海军实力，颁布了《造船奖励法》：无论大小工厂，只要提交申请，计划合理，完成可能性高，政府就都会颁发奖励金资助造船。而最主要的是，奖励金的颁发通知都会在当时的几家大型报纸上公示。我虽然查不到当时企业的内部资料，但当年的报纸是都能查得到的。

我怕会有人为遗漏，因此将从1904年一直到1908年的《官报》以及几份造船行业报都找了来，逐一去看。

说实话，只是为了证实自己所接的委托是否可靠，这工作量就算是不小了。幸好我对这种电脑屏幕上扒故纸堆的生活已经习以为常，只要不停地滑动鼠标，报纸上的时间就会随之不断飞逝，一天一天，一月一月，一年一年，毫不被人珍惜和留恋地逝去，直到我终于注意到了一份让人眼前一亮的报纸。

明治三十九年（1906），那是刚刚创刊的名为《汽船会社报》的行业报纸。之所以会注意到它，是因为这份新创刊的报纸上属媒体是《官报》，后台足够坚实，创刊肯定会优先获得资源；而关于永和轮这种不大不小又有国际意义的奖励金公示，放在这里是最有可能的；而更重要的是1906年的年份，也更接近于明治政府决定答谢大清国的时间。

随即，真的不出所料，在当年二月十日的报纸上，我看到了一则和其他奖励公示不大一样的颁给川崎造船所的奖励公示，翻译成中文如下：

依据《造船奖励法》为川崎造船所计划制造的十八马力、总吨数二十五点九吨的汽船予以奖励。奖励许可时间，二月二十日。奖励金额，十万元。

而正是它的这与众不同之处一下吸引到我。

还是要从《造船奖励法》的宗旨说起——增强日本海军以及海运的硬实力，从我看到的一条条公示上皆可获知。明治政府所奖励的，全都是体量上千吨、动力上千马力的大船制造，而这一则只为一艘十八马力、不到三十吨的小汽船奖励公示，奖金金额又达十万日元之多，这不得不让人注意了。

我立刻去搜了一下永和轮的参数——十八马力、二十五点九吨……完全对上了，并且还有报道表明，当时明治政府奖励给川崎造船所正是十万日元。

就算不提名字，或者说在当时还根本没有慈禧老佛爷赐名的，这艘在明治三十九年（1906）初开始制造的小汽船，正是日后运到中国的永和轮了。

那么接下来的问题便迎刃而解了。既然已经颁发奖励许可，川崎造船所就不会延期制造。这样一艘小船，最多半年时间就能造好，再加上日清两国的外交沟通，一年以后，终究可以敲定赠送事宜，再到运至北京，满打满算也不过 1907 年 5 月了。

1907 年秋天，发生在圆明园上下天光的双密室事件，有永和轮参与其中，是完全有可能的。

可能只能算是可能，不是百分之百地确定，但我心中还是踏实了不少，并且直觉也告诉我，葵井小姐绝对还掌握了其他文献资料，让她肯定《营造档》中的汽轮就是比历史记载提前抵达中国的永和轮。

所以说，接下委托调查工作后的第一天的整个下午，我的工作只是让自己更安心一些，不只是因为靠不住的直觉去做事。

接下来，我会按照自己的节奏去做，多半不会出什么差错。圆明园上下天光重建工程……

当我打开练兵处《营造档》的光盘文档，从第一页开始看起时，就直接为我之前的疑问找到了答案。

为什么上下天光能独活于圆明园？因为它是重建的。动工时间正是练兵处《营造档》的起始时间——光绪三十三年（1907）三月九日。主持重建工程的正是最后命案现场四人之一的张永利。

昨天在读命案发生时的档案记录，我就已经猜到一二了。

一方面，上下天光有明显的未完工痕迹，碧纱橱就是证据。另一方面，太监之三直接记录张永利正在绘制底样，只有样式房的人才会这门手艺，并且他是唯一有独立房间工作的人，甚至要比官职看起来不低的方总监督的待遇还要好。只有一个解释，那就是整栋楼是由他来主持建造的。

最后一位样式雷——雷廷昌，在1907年去世。都说雷廷昌死后再无样式房的建筑技艺。可是现在文献摆在面前，谣言显然不攻自破。更何况从样式雷开始为皇家做建筑，一直就不只是雷姓一家在做，技艺方面就算是外姓人只要进了样式房也都能学到，不过是拿不到掌案的位置。现在有了一个样式张，并不为奇。

从光绪二十二年二月九日卅始，张永利先来到圆明园后湖的北岸，或者更准确地说是上下天光废墟处实地考察。记录中说，后湖北岸同样是一片焦土，上下天光荡然无存，水上长廊也好，月台也好，木制天棚也好，早已化为灰烬，原址仅能看到些当年的基础痕迹，这已算不错了。

开始几天，一直是张永利一个人来。直到第五天，后湖北岸来了第二个人，这就是洪广家。

同样是我预料之中的人。

从命案发生时的记录中就能看得出来，洪广家是建筑工程中的算房，也就是掌管收入支出、成本核算等建筑资金方面的专员。在样式雷的团队中，必不可少的就是世代合作下来的算房高一家。而在这里，张永利的合作伙伴，便是这位洪广家。

只不过，张永利和洪广家从第一天一起到后湖北岸后，就开始争执，闹得不太愉快。可惜档案太监并没有把他们所争的内容一五一十地记录下来。我就像是在看一卷无声的录像资料，想要知道他们到底说了什么，要么会唇语，要么全靠猜。当然，说是猜，有些过度自我贬低的嫌疑。世人皆知财务永远和工程不对付，他们之间所争不外乎是经费问题。看成果来说，应该不会是经费不够，那便只有经费在工程中如何分配最合理与张永利所追求的工程极致之间的矛盾了。

一开始的记录并不长，通常都是早晨八点钟开始。张永利率先到达，用档案太监描述不清的工具在后湖北岸的一片焦土上一分一毫地丈量土地。有时，他也长时间地发呆。

洪广家会在十一点姗姗来迟。他到之后不做别的，直接和张永利开始一天的争吵。每一次都似乎是从财务方面否定掉张永利一上午的想法。这样想来，确实是很打击人的做法，只是这个张永利像是一台全然不受影响的机器，依然锲而不舍地构想着他自己的蓝图。

大概能干的工匠，都得有这么一股执着的蠢劲才行。

与洪广家争吵的第四天，第三个人出现了，这个人就是方总监督。

因为官职很高，档案太监在档案中一直只称其官职，从未直呼名讳。不仅如此，同样是因为官位甚高，方总监督获得了档案太监们更多的关注，即使是在喝茶小憩，也会被记上一笔。然而，关于这位方总监督个人的信息，比起最后一天的记录，在他出现时，仅多了一条线索，那就是他并不是上下天光重建工程的相关负责人，而是练兵处的总监督。

我当然忍受不了一个没有全名出现的人，有了"练兵处"的新线索，不难查到这个人的底细。

清华大学的老旧电脑速度太慢，网络速度也跟不上。我干脆跟那位学生管理员说了一声，开始用手机检索。也许因为手机可用的数据库有限，我为刚才的乐观想法而感到抱歉，怎么可能会有手到擒来的文献躺在那里等我。

练兵处由北洋大臣袁世凯极力推动，1903 年年底在北京设立。设立伊始，其司科组建就基本完成，练兵处下面有军政、军令、军学三司，每司下面又分各科。

至此基本上都是常识性检索，接下来刚要深入，便碰壁了：三司配有正使、副使各一员，官职和权力仅次于袁世凯。各司正副使都是段祺瑞、冯国璋这种鼎鼎大名的历史人物。司下各科会有监督一职，然而找遍练兵处编制，根本没有"总监督"的职位。假设是档案太监笔误多写了一个"总"字，可我再搜各科监督时亦是找不到方姓之人。况且，一来笔误不会从始至终，二来这监督的官位，并未高到能让档案太监的笔触都显出些卑躬屈膝的意味。

练兵处总监督……

我叹了口气，不想在这上面耗费太多精力，只好给邵靖发了一封没有尊严的邮件，询问"练兵处的总监督"是怎么回事。

邮件才发过去十分钟，带附件的回复就来了。邵靖是不是全天二十四小时都守在电脑边，然后有八台电脑、八百种内部专用数据库随时可以调用检索？

打开邮件，正文只有"才第二天哟。"五个字和一个句号。我心想着："我还查到了永和轮的造船奖励认许证书，只是没告诉你而已！"同时不动声色地点击下载了附件。

附件是一个压缩文件，解压缩后的文件夹里全是 PDF 文档。看来，说邵靖有八台电脑在办公桌上，是少说了。只用了十来分钟，他竟然已经把我手足无措的东西查到如此程度。

算了，管不了他到底用了什么手段，我更关心的是自己提出的问题。

文档全是一手文献的电子档，文件名逐一被邵靖标上了文献来源和时间。在嘲笑我的同时，不忘把事情做得如此专业，称赞他一句"了不起"也无妨了。

在邵靖发来的文档中，练兵处总监督的问题迎刃而解。在光绪三十二年（1906）底，为了配合预备立宪的实施，练兵处在编制上再度做了微调。微调中，军令司就临时设立了新的高级职位，这便是军令司总监督一职，其目的是方便军令司业务中运筹、测绘、储材统筹等管理。所谓临时职位，确实相当临时，因为这一职位根本没熬到辛亥革命清朝灭亡，刚刚到1908年年初，慈禧老佛爷和光绪皇帝都还健在的时候，它便被撤掉，短命得只是清末改革繁花中的一点星火。

且不为它短命感慨，只说这个临时职位本身，从文献中可以看到，不到两年的时间中只有一个人担任过，此人名叫方宗胜。

姓方，又是总监督，不会有错了。

邵靖的文献不只如此，连方宗胜离开练兵处后的人生，也多少提到一些，甚至还找到一张方宗胜在北伐战争中，策马扬鞭怒指天空的军装照：他微微侧脸，显出面颊的粗犷轮廓，带着几分英气。到了民国，他还是混得不错。不过，这些与我关注的命案无关，索性就放到了一边。

大概是在找方宗胜照片时偶得的副产品，照片不止方宗胜个人照一张，还有另外一张合影——个个都穿着长衫，戴着瓜皮帽，显然不是民国时期而是在清代。我仔细辨认照片里的人，一共三个人，全不是方宗胜。左边的瘦小干枯，眼神却很坚韧有力；中间的整个人处在游离不定的状态被抓拍下来；右边的身材最为粗壮，可能是第一次面对照相机，满脸惊恐不安。

这又是邵靖丢给我的一个哑谜，可惜答案太过简单，从背景就可以判断得出来，是在荒芜焦土的圆明园里，那么他们当然就是命案中另外三个身在现场的人。身材粗壮的那位，八成是马全安，而另外两位……我无暇顾及这么多旁枝线索，现在我更在意的只有方宗胜。无关紧要的哑谜，即便猜出答案，我也懒得特意再去回应。

回到方宗胜这个人身上，军令司总监督所统筹掌管的项目，与重建上下天光有很大的联系，这一点对于命案本身来说，是一个好消息。

搞清楚了查阅文献中遇到的问题，我又重新回到《营造档》中去，继续仔细查阅案发前的"实况录像"。

方宗胜的出现具有一个实质效果，张永利和洪广家第一次没有见面争吵。这也难怪，毕竟方宗胜是重建工程真正的掌管者，他们不至于愚钝到要在总监督面前继续争吵。而真正的实质效果，不是在官员面前做样子，而是在方宗胜连续到后湖北岸两天之后，工程队运着第一批建材到了现场。

如果说方宗胜的到来，解决了张、洪两人的矛盾，那么建材运来的效率未免也太高了。建材内容有所记录——大木、石材、砖材皆有。如果说石材和砖材还可以直接从房山运来，但大木只能从南方运。从采购到运送，都需要耗费大量时间成本，甚至不可能是《营造档》所记录的十几天便可以完成的。由此推断，《营造档》并非从重建工程确定初始开始记录，而是因为有什么契机，练兵处才主持建了这份档案。是什么契机，仅看这不到一个月的记录，无法获知。只是我隐隐感觉，张、洪的争吵点，未必完全是关于建筑经费的问题，因为从后续运来的建材来看，依然出现了过多用途重复的建材，出于节省的主张在这里让人难以信服。

直至此时，出现的人物依旧只有张、洪、方三人，建筑工程队管事的马全安迟迟没有出现。不过，这倒不急，因为在继续阅读档案的过程中，我依稀察觉张永利的行为有些不大对劲。

按常理来说，已经到了开工的时间，作为样式房的人，应该将工作重心放在指挥工程队上，以及监督工程是否与自己设计相符的问题上。可是通过记录描述即可看出，张永利在监督工程时并没有全心全意，他并不会避着洪广家，只要方宗胜不在现场，他就会开小差。

从一开始我就觉察到有地方不对，看到一个月后开小差的张永利，我终于明白。圆明园后湖北岸只有西侧是山体，东侧有相当一块空地，而从档案初始记录中可以发现，张永利就一直在给后湖北岸全部空地做测量。此时所说的开小差也是一样，只要上下天光这边一开工，他便在东侧和北侧开始他的测量工作。

顺着这个点延续下去，就能和记录里命案发生时关于张永利的违和感联系到一起了。

张永利可以在独立房间中工作，是无可厚非的，但他所做的是绘制底样，这就有些奇怪了。在第一次看到这条描述时，我本以为张永利还有其他在筹划阶段的工程。只是这种猜测的可能性相当低，因为没有充分的理由可以让他不在自己的样式房里去绘制底样，偏偏要跑到监工方宗胜眼皮子底下来另起炉灶。而现在，全都能说得通了。张永利一直以来就在筹划在上下天光旁边再造一栋建筑。恐怕，也是因为这个筹划，作为算房掌管财务的洪广家才会一直与他争吵。

小差依旧开，房子照旧在造。终于，学生们纷纷出现，马全安的名字也出现了。

这时，我突然感觉身后有人的气息。

我猛然回头，但立刻就明白了，苦笑着明知故问："是……下班了？"学生管理员以点头回应，看上去毫无商量的余地。

本以为我会遭到一连串嘲讽才能进入正题，可是邵靖一反常态，他倒是更希望立刻听到我即将讲述的事情详情。

"是从川崎造船所留学归来的学生？"邵靖听完我整整阅读了三天《营造档》后总结的事件线和人物关系线后，立即抓住一个核心问题反问我。

幸好我早有准备，不会手忙脚乱地让邵靖抓到机会嘲笑："1905年春夏之交去的日本，大概是看到日俄战争日本稳胜，所以率先做了一步布局。"

不得不承认，在去给我的雇主葵井小姐做第一次工作汇报之前，我还是更希望能听一听邵靖对我查到的这些初步材料有什么看法。毕竟这份报酬颇丰的工作，是他推荐给我的。

"倒是明智了一次，"不知道这是邵靖对大清国的决策还是对我检索的赞许，"回国时间呢？"

"因为是到工厂学技术，没有受到1905年年底取缔留日学生事件的影响，一直到1907年6月才回国。"

"回国以后立即去了圆明园？"

"从《营造档》中的记录来看，时间上相差不到一个星期。"

"1907年6月啊……这个时间点有点儿意思了，"邵靖陷入了沉思，"对了，知道是什么机构派他们去留学的吗？"

"查不出来，"我如实地说，"不过，你说得没错，回国的时间点很微妙。这正好是陆军部设立海军处的时间。"我为了不让自己因为回答不上来他的提问而显得过于狼狈，紧接着刚才他提过的点延伸下去。

"然后就和练兵处勾搭在一起。"邵靖思考的眼神更深邃了。

"什么叫勾搭啊？"我有些不满他的用词。

"那个时候上下天光重建到什么程度了？"

"楼体基本完成，门窗尚在安装，内部装潢还没开始动工。"

"就是说，楼已经完全可以使用了？"

"应该是的。"

"还有什么其他的信息吗？"

"大概就是马全安了。第一次出现这个人的名字，是在两个归国学生到上下天光后不久。本来他只是建筑队里的一员，就算是领班之类，也一直没有以个体的形式在《营造档》里出现过。直到方宗胜把两名学生介绍给包括张永利、洪广家在内的整个上下天光工程队之后的第七天，马全安的名字才出现。不过，这次他的名字出现得并不光彩。第一次出现就是记录马全安和两名学生发生了正面冲突，他破口大骂，甚至要动手打人。"

"七天？七天里还有什么特别值得注意的事发生吗？"

他竟没有问发生冲突的原因！

"不知道，我干脆把七天的记录都跟你说一遍吧，你自己听听看，"我打开电脑，看着自己的笔记开始说，"第一天，方宗胜介绍两名归国学生给工程队众人。第二天，杨继、孟指然到上下天光，连续被诸人冷遇，不欢而散。第三天，杨、孟二人照旧来上下天光，尴尬气氛不减。第四天，杨、孟二人不再试图与工程队里的人亲近，直接到上层考察。第五天，二人再度上楼，被洪广家冷嘲热讽。第六天……"

"看来，第六天有什么特别之处。"

"确实，第六天出现了两个非上下天光工程队的工人。"

"没有名字？"

"未有提及。"

"有什么特点？"

"没有具体描述，但是和建筑工程队都是敞胸露怀的粗人不太一样，至少他们的穿着还算体面。尽管在档案里用的描述还是充满鄙夷。"

"然后第七天马全安就和归国学生发生了正面冲突吗？这显然是和前一天来的工人有关。先不管前面，之后马全安又有什么动作？"

我想了想，并没有什么事情给我留下深刻印象，我只好把笔记调出，继续往后看，希望能找出什么新的线索。

"只是继续听张永利的安排，运木材过来，然后在现场做大方窗？一直都是木匠的工作？"我忽然停住，果然发现了一些情况，"确实有！在学生们的争吵和催促下，马全安单独找了两个工人，在上下天光东北角搭了一个架子。"

"张永利很不满意吧？"邵靖再次无视直接的问题——架子的作用，而从其他角度向我提问。他看似心不在焉地在电脑键盘上敲着什么，大概是嫌我来耽误了他的工作。

"没错，"我认真阅读笔记后回答，想用这种认真唤醒这家伙，"从架子开始搭建，张永利就没有过好脾气，见到谁都要骂上两句。"

"嗯，倒是合乎情理。"

"你不好奇架子是干什么用的吗？"

"杨继的死状是什么？"

又开始反问我？我只好根据档案描述重新说了一遍。

"档案里还说在上层有电报台。虽然暂时不明白电报台的作用，但架子在上下天光的东北角，而从圆明园到上下天光只有东北角可以陆路抵达。这样看来，只有一个可能，就是从外面把一根电缆接进了上层。架子是一个楼外电缆架，没错吧？"

"算你赢了。"

"还有另外一件事我很在意，"邵靖并不在意我的感受，说道，"是在架子搭建好之后。"

"架子搭建还有一个小插曲，在搭建过程中，学生们说马全安搭的架子完全用不了，要求他重搭。所以，争吵在所难免。不过，架子总算重搭好了，建好的时间是……"我连忙翻笔记来确认，"是光绪三十三年六月七日。六月七日之后……"

"电报，"邵靖打断我照本宣科的节奏，"你再读一遍关于电报的几条记录。"

幸好我也同样注意到电报台这个奇异突兀的存在，只是一直没能想明白它在整个事件中起着什么作用。不过既然已经注意到这个问题，关于它的细节我自然都抄录下来了："原文太枯燥，我就不读了，直接说好了。"

邵靖点头说："如果漏掉什么细节，我会直接发问。"

"光绪三十三年六月十日，上下天光施工现场运来了第一批电报机。"

"几台？"

"呃，"我愣了一下，"三台。"

"什么电报机？"

"嗯？"我再次愣住，我完全没有思考过这个问题，只好查看笔记，好在笔记上有记录，只不过我认为这太过理所应当，根本没有在意，"莫尔斯电报机。"

"是发报机吧？"

"对……是莫尔斯发报机。"我被邵靖问得连连败退。

"继续。"

我是投降了，只好真正意义上地照本宣科："光绪三十三年六月十五日，三台忽斯登收报机运达上下天光。"

"十号到十五号之间呢？"

"没有再运来过与电报相关的东西了。"

"不一定是直接相关，这四天里马全安没有再和两个学生争吵过吗？"

听到这里我立刻去查，居然真的被他猜中——在六月十三日有争吵记录，而且不只是马全安，就连张永利都气急败坏地骂了学生们。

"因为什么争吵？"

"学生们可以说是得寸进尺，要求在上下天光的上层屋顶上再架一根竹竿。不过，争吵归争吵，第二天学生们就搬来救兵，方宗胜到现场要求马全安带团队立刻将竹竿架好，不得延误。这次争吵在表面上等于是学生们获胜。"

"而实际上把祸根埋得更深。"

"没错。"

"视重建的上下天光为自己精神寄托的张永利，肯定无法忍受自己的作品结构被一改再改。马全安已经和学生们发生过多次正面冲突，这不必多提。洪广家虽然没有和学生们发生过正面冲突，但作为这次工程的算房掌案，他已经和张永利争吵过很多次，显然他是相当在意成本核算的。而学生们现在要用盖上下天光的建材，搭一个电缆架子，额外耗材耗资恐怕也是他绝不能忍受的点……"邵靖自言自语地陷入了长时间的沉思，"刚才听你补充的内容，基本证实了我一个大胆的猜想。"

嗯？他到底关注的是哪个方面，我摸不着头脑。邵靖少有地显出焦急苦恼的神色。我不敢打扰他的思考，只好静候。

"而且正好可以先解决一下你的合同问题。"邵靖突然说话，又是没头没尾。

"合同？合同有什么问题？"他的话让我一头雾水。

"你就一点儿都不好奇，学生到底拿永和轮还有那些电报机做什么吗？"

"当然好奇啊，"刚刚还在想着确定杀人动机的我，一时没能转过思路，"可是《营造档》里根本没有详细记录，想确定的话有一定的难度。"

"有什么难度？"邵靖一脸不屑，"如果你不确定这个线索，在孟指然的线上你寸步难行。"

确实没错，从一开始我就认定这是一个双重密室，而孟指然那边毫无进展。上一次见面时，邵靖还自称是外行，而现在显然已经自信满满，看来他已经有了新的突破。

"其实他们本来就是联动的。"

联动？我的确想过这个方向，但……

"已经非常明显了。"邵靖把他的电脑挪给我看，屏幕上全是我刚刚跟他说的《营造档》内容，或者更准确地说，是通过某种规则进一步筛选组合出来的线索。

规则并不难看出，全都是在六月运到上下天光的机械零件记录，转轴、摇臂、连杆、磁柱、线圈、齿轮……如此种种，颇有深意。

这是他刚才听我复述笔记时随手记下来的？我简直不敢相信自己的眼睛，他明明是在听我讲话，而且还时不时地提出疑问，怎么有时间去梳理这些线索。

"是学生们硬要加一根竹竿在上层屋顶才给了我提示。"

"竹竿？"

"我问你，你了解忽斯登收报机吗？"邵靖根本没给我留思考的时间，直接引导我走向答案，"或者说，忽斯登收报机在当时有几种类型？"

"几种类型？"又是在考试吗，"印字式和波纹式两种。"

"不对不对，不是说的这个类型。光绪三十三年，肯定用的是更先进的波纹式收报机。你要从这些运来的材料方面思考。"

还真是一个循循善诱的好老师，我不想再被他牵着鼻子走了，索性就等着他直接说答案。

"磁柱啦，线圈啦，这些你难道还不明白？是信号功率放大器。放大的不是信号接收范围，而是接收到信号后产生旋力的力度。怎么样，是不是豁然开朗，全想明白了？"

邵靖的坏心眼就在此，每次先是引导着人到了门边，等真到了门口时，他就立刻开始云里雾里地迷惑人。我是不会中他的招的，根本不理睬他，直接说出了我已经想好的答案："所以你问的忽斯登收报机类型，是要我回答有线收报和无线收报之分？"

"正解，"不知道我的答案是否令他满意，但看他现在的表情，好像还不错，"从另一个角度分析也可以得出同样的结论。两个学生已经和工程队的人闹成那样，是有多不懂人情世故才会继续要求在房顶上架竹竿，必然是有非常重要的作用，也就是发报机的信号天线。"

　　我把邵靖的电脑又拿过来仔细看了看，这些分批运来的机械零件在我脑中重新构建，果然可以形成一个巨大笨拙的、满是齿轮和旋臂的设备。这个设备可以把电信号转为磁柱的磁力信号，再靠齿轮不断放大旋力，这种旋力不需要让船动，只要推动操纵杆即可。三台莫尔斯发报机，各自可以控制前后、左右、给汽三根操纵杆，也就是说完全可以代替人在船上操作。而更关键的一点是，在和电报机联系在一起之后，我终于想起了葵井小姐的委托内容——那卷铜箔，上面三行孔洞，岂不是更像电报机打出来的字条？这样一想，铜箔和整起命案的相关性更高了。铜箔本身很可能就是学生做数据统计用的一个部件而已。怪不得邵靖会说"正好解决一下我的合同问题"这种怪话。

　　"可是，"我忽然发现了一个漏洞，"还有一个问题啊。如果船上需要安装忽斯登收报机，那收报所用的电力从何而来？"

　　邵靖露出了神秘的微笑，说："这个不是从一开始就知道的吗？你最开始看《营造档》的时候，看到的就是案发时的记录，不是都有记录嘛。船翻了，二楼的围栏断了。为什么会断？为什么会和船翻了连在一起？"

　　"电线？连着电线？"

"当时确实有电瓶，但即使是两台忽斯登收报机的耗电量，那时候的电瓶也是带不动的，更何况还要有外设增强器。估计学生们也一直在苦恼这个问题该怎么解决，"邵靖摇摇头，"其实挺可惜的，全都怪当时的信息不发达。实际上远在美国，特斯拉已经发明出更为简便直接的遥控船装置。再看学生们的做法，我只觉得他们是异想天开。也只有什么都缺的大清，才会认可他们这种笨拙的做法。但是后面船居然真的能开起来，真要忍不住为他们鼓掌称赞。"

他说得没错，不过，我更关心的是这一切的新结论和命案的真相到底有多大的关系。如果是电报遥控汽轮，那么双重密室姑且就可以取消了。只要有人上到二楼，在杀掉杨继之前，让他把船弄翻即可。可是，这个上到二楼的人到底是谁呢？

"啊！不好！"邵靖一声惊呼，把我的思绪完全打乱，"是不是快到你和葵井小姐约定的时间了？和日本人约会绝对不要迟到，那样太失礼了。"

"约会？"

他根本没再理会我的反问和质疑，就把我从历史档案馆休息区的沙发上弄了起来，连推带赶地让我赶紧去赴约。

"别忘了跟葵井小姐说你的新发现，她一定关心这个。"他同样也想到了铜箔和电报遥控设备的关系了吧？

　　葵井小姐给的见面地点在城东一栋高级写字楼的顶层咖啡馆里。进了电梯，我心里本来只是想着一些冷笑话让自己放松一些，但这时我忽然意识到一个严肃的问题。

　　我大概是太过投入，又一心想着找邵靖聊上一聊调查情况，结果根本没想起来人家委托的根本就不是去调查上下天光命案。电梯开始急速上升，我立刻掏出平板电脑，用最短的时间重新整理出一份调查报告。电梯门"叮"的一声打开，我的报告刚好在最后一刻做完。我这才长舒口气。

　　看了时间，我并没有迟到，但葵井小姐已经到了，可是她并没有坐在视野最好的窗边，而是远离窗户的位置。她没有抬头看我，却默许我坐到对面。

　　或许这是她惯用的处事方式？这些无所谓。我把刚刚做好的调查报告放到她面前，反向看着自己平板电脑的屏幕，从第一页讲起。包括铜箔确定是在1908年献礼仪式之前就在永和轮上的推理在内，全部讲给她听。同时，我还把"造船奖励认许证书"的发现作为本次报告的一个亮点着重讲述，可我却依旧换不来葵井小姐情绪上的一丁点儿波动。

　　这是最棘手的局面，我猜不透她到底期待的是什么，只好按部就班地继续往下讲。可惜，确实是我查阅的相关文献有限，一直讲到两个学生1907年6月到了上下天光近一个月之后，永和轮运到圆明园，并由川崎造船所的人现场组装下水之后，就没什么可继续的线索了。

一定是我的这次报告准备得太过仓促，把本来该有的亮点和疑点全都讲得索然无味。难为了葵井小姐还能全程保持面无表情而没有睡着。这样想着，我更希望这场调查报告，也就是我委托合同里的第一次报告能快些结束。

大概葵井小姐也是这样想的，在我已经有些词穷的时候，她礼貌地向我点头示意可以结束了。

原本有一套笔纸放在面前的葵井小姐，不动声色地把本子合上塞回背包，但是那上面一笔都没记。我真是又受到了一次打击，原来我的工作如此不值一提。

她去结账之后，我们便无声地分开了。

刚刚礼貌地告别，她却忽然主动说："你有我的邮箱地址，希望在下次报告之前，你可以把材料事先寄到我的邮箱里，以便我提前了解一二。"我连忙点头同意，与她再次告别。

难道是她看透了我这次是在糊弄她，敷衍了事吗？

结果此时我才突然想起，自己刚刚完全把早晨新发现的铜箔和永和轮的关系的事情给忘得一干二净。如果我把这个发现说给她听，绝对不会是这样的结果，况且临走时邵靖还嘱咐过我。

我是不是真傻，我懊恼不已。

这样想着，不一会儿我就下到了一楼，神色疲惫不堪。

我拿出手机，犹豫片刻，还是忍不住打开了邮箱。果不其然，邵靖没有让我失望，他再次给我发了邮件。

在回家的路上，我已经把邵靖的邮件看了。邮件没有正文，附件就是它的全部。

附件分为两个，横竖都要看，我按顺序先点开了排在前面的一个附件。

第一个附件是一张照片，点开看后我多少感到有些出乎意料。这是一份颇具年代感的订购单，而且破破烂烂的，是在文献修复台上修复时拍下的照片。

先不管修复文献的事，直接看订购单的内容。清晰可见的是，这张订购单是练兵处军令司发出的。

放大照片仔细来看，可以看到订单发出的日期——光绪三十三年六月十九日。我大概换算一下便知是公历 1907 年 7月 28 日。

两个学生是六月初到的上下天光，看来这个订购单与他们有直接的联系。再看接单方，就更能明白邵靖发它过来的用意了。接单方正是当时的川崎造船所。然而订单内容让我愣住了，是向川崎造船所订购一台小型的蒸汽动力发电机，十匹以及三千匝两部线圈和一颗铜球。

他们是在为电报遥控汽轮寻找电能？竟如此信得过他们的母校老东家川崎造船所。然而，问题来了，既然在六月中下旬就订购了蒸汽动力发电机，案发时，上层的围栏却是被电线拉扯断……

先仔细看照片再说。

正在修复台上修复的文献，邵靖都能弄到照片，我真佩服他在文献上神通广大的门路。这份苦心，我心领了。只是这张订购单照片以外的细节，多少让我有些在意。在订购单的照片边缘，不仅露出了专用于文献修复的蓝色台湾切割垫，还能看到修复工具打刷的一角。这只打刷黑色鬃毛，长方形的刷头……这明显是中国文献修复时才会用的刷子。如果在日本，文献修复用的打刷是圆的。也就是说，这张订购单在中国。可是明明已经发给了川崎造船厂的订购单，为什么还会在中国？这好像有点儿解释不通。思索着这些疑点，我点开了另外一个附件。

我以为自己对邵靖的路数早就熟透，可是当我看到第二个附件的内容时，我已经吃惊到大脑一片空白，停止了思考。

附件是 PDF 文件，但显然是从文档文件转换过来的。文件里只有两行字。第一行写着"机会"两个字以及一个最常见的微笑表情。邵靖曾经强词夺理地说过，以表情作为结尾，可以代替句号和问号等标点符号。第二行则是一个网址。从网址可以清楚看出，这是一个国际性的社交网络平台链接。

打开网页链接，我吃惊到了顶点，这是葵井小姐的社交平台主页。

葵井小姐直接用了本名的罗马字母拼写作为社交平台用户名，再加上头像是她的近照，确认无误了。

机会？什么意思？这一次我无法破解邵靖发来的哑谜，开始浏览葵井小姐的主页，脑子里却浮现出方才自己让她失望的场景，挥之不去。

关注她的人数非常少，仅有不到一百人；而她关注的就更少，不过三十四人。人数虽少，但动态的回复数却还看得过去。不过，多是与葵井小姐以姐妹相称的人。看来她们都是葵井小姐的亲朋好友了。而从葵井小姐直接用本名的罗马字母拼写作为用户名来看，她并没有想隐藏自己，不过从如此少的关注和被关注人数来看，隐藏与否并无太大差别。

原来她很喜欢发动态到这里，动态数量相当可观。我有些小心翼翼地先看了一下本日她有没有发什么动态，结果发现最新的一条动态是在成田机场发的，说要去中国，不知什么时候回。

来到中国这么多天，她一条动态都没有再发，不知是喜是忧。她之前的动态多数都是表述一下心情。快速地浏览一遍后，我了解到了葵井小姐不少的信息。

她虽然是博物馆里的精英，工作压力却依旧很大。可以看得出她每天下班都很晚，时常会感到疲惫不堪。不过，工作内容她倒是喜欢的，从没有对工作本身有过抱怨，甚至从某些方面来说，她是一个工作狂，只要工作起来就不管不顾；日常会和同事一起吃午饭，但晚餐却多是回家自己吃，怕是没有什么交心的朋友；基本没有业余的娱乐活动，只是偶尔会去一家威士忌酒吧小酌一杯。神户距离著名的威士忌酒厂山崎蒸馏所很近，但她偏偏舍近求远，只喝余市。

我以为葵井小姐几乎不笑，可是从她发过的少之又少的照片中，竟都能看到她笑得灿烂。依然是精致的短发，再加上精致的酒窝点缀，令我不得不怀疑自己所见与照片中的是否真的是同一个人。

她恐高、恐狗、恋猫……似乎业余爱好只有一个，那就是喜欢疯狂地买鞋。我继续收集着可能分析出来的葵井小姐的信息。这是一个比我所见的更为全面和真实的葵井小姐。真实到仅是前不久她还发过一张带文字的照片动态。文字是："今天必须挑战成功，再也不怕。"照片是她半侧脸看向背后的一座摩天轮的自拍。精致的酒窝让我感到她是开心地去挑战，然而对于一个恐高的人来说，摩天轮确实是一个灾难，只是她想要挑战的这座摩天轮骨架是八角形，每个角都有一个吊篮，吊篮的颜色可以说是有些幼稚的红、黄、粉、蓝、绿等，远远看上去更像是公园里的长椅，只是多了保护围栏和一个简易的顶棚。而这座八角形骨架、八个吊篮的彩色摩天轮，目测最高点也不会超过十米。还真是相当"摩天"了，对着照片，我忍不住都想对要去挑战的葵井小姐说一声加油了。

好了，不能再看下去了，我需要干一些正事了，不然日后邵靖绝对会嘲笑我，因为我又让他牵着鼻子走了。况且，如果不及时理智地停下来，恐怕我会越走越远。

回到家里，我本打算立刻打开电脑开始全神贯注地继续追查，却在把亮着葵井小姐主页的手机放到一边之后，感到全身心疲惫，再无法找到工作的状态。

又回想起早晨去找邵靖，本打算和他通过《营造档》的记录讨论一下当时在场几人的杀人动机，结果刚刚过了三两招，我就已经被他随意带跑。结果倒是不坏，至少解开了永和轮与上下天光的关系之谜，甚至还让那卷铜箔在命案中变得有了意义。可是在这一点上，我自己也不是没有思路，找到同样的答案只是时间问题，而我本来想和他讨论的在场人的杀人动机，却被他轻而易举地给一带而过了。

在那种极端条件下，还要完成杀人行为。强烈的动机驱使才是凶手暴露的破绽，确凿的动机便是锁定凶手的利器。

我依然需要坚定自己对本案的认识。

想定了接下来的方向，疲惫和难以释怀的沮丧似乎都减轻不少，所以我决定就这样休息，把工作交给第二天。

只是来了几次而已，我对建筑学院资料室竟有了老朋友般的熟悉感。帮我取光盘的仍旧是那位面相稚嫩的学生管理员，她如同酒吧里的酒保接待熟客一样，见到我来，直接就去了档案保存室，随即面带职业的微笑，把《营造档》递给了我。

我接过光盘，实在不好意思开口，却还是不得不说："今天我想借《中国营造学社汇刊》。"

她一脸难以置信的表情，气氛瞬间凝固数秒才渐渐恢复。她认真地想阻止我做出如此愚蠢的选择，说："《汇刊》我们这里确实有馆藏，但是没必要一定在这里看吧？"

其实她所言不假，《汇刊》创刊于1930年，又有梁思成等大家参与，保存相当完善，诸多线上数据库都能全本阅读，因此完全没必要在这个需要计时收费的资料室浪费金钱阅读。

"这样更方便一些。"

"资料室规定，不允许同时借出两张及以上的光盘。"

她不是讲解规定，而是告知，同时直接把我手中的《营造档》光盘拿了回去。显然，她是对我这种仗着有经费、图方便就不懂得节省的家伙嗤之以鼻了。

等了一会儿，学生管理员把我所需要的光盘取了出来，然后面无表情地递给了我。

虽然算不上是有的放矢，但是打开《汇刊》光盘的文档，找了没多久，还是找到了我想要的。

一切果然逃不过当年第一批建筑学史专家的眼。

关于圆明园各景的考古测绘工作，从创刊第一期开始，他们就一直在做，直到在1933年刊登出上下天光基座的测绘图，关于这座建筑的工作才算暂且告一段落。而此后的一段时间，众专家已经把精力转向杏花春馆和坦坦荡荡两座建筑。1936年，上下天光再度出现于《汇刊》，不过文章很短，豆腐块大小。文章只是提出从上下天光的基座保存叠加情况考察，上下天光主体楼大规模改建重修的次数应该是四次，而非学界所认定的乾隆中叶、道光初年、被英法联军焚毁后的同治年间的三次。短小的文章署名为张阔深。作者姓张？我更觉得有些意思了。

张阔深的文章刊登之后一期，关于上下天光的文章再度出现，同样非常简短：直指"四次说"完全没有文献基础支撑，实属无根之木，并且指出仅从建筑基座根本无法判断出重建次数，对张阔深的主张予以严厉反驳。反驳言之凿凿，随后我翻遍了《汇刊》，再不见"四次说"。

看似一篇无稽之谈的文章，断了本该有的线，实际上仅仅一篇豆腐块大小的文章，就足以给出真正可以去查找的线索。这种时虚时实的过程，才是最有趣的。

在《汇刊》创刊之后，中国营造学社就开始持续从全国招募志愿者参与古建筑研究和保护工作。张阔深就是招募志愿者名单中的一位。名单是大好的文献，不仅有准确的时间记录，还会在每一个名字后面添加简短的个人信息。张阔深，1936年七月加入营造学社志愿者行列，是一位在读大学生，就读学校为"国立清华大学"。

"请帮我拿一下1936年之后的《国立清华大学校刊》。"我把手中的光盘交还给学生管理员说。

她依然对我没什么好气，斜着眼看了看我，才挤出一句："不在这里，请去图书馆借阅。"

"哦，不好意思，是我糊涂了。那请帮忙先把计时器停一下，我去去就回。"

她没有说话，但从表情上已经表达了她想对我说的"废话"二字。

实际上，我只是图方便才问的：想要看那份校刊，并不需要再跑到清华大学的校图书馆；拿着自己的电脑，随便坐在什么地方，只要网上有我想用的数据即可。只是当我想到如果我抱着电脑坐在校园里上网，着实显得有些落魄。幸好在建筑学院一层，有一处为咖啡自动贩卖机辟出来的休息区，那里提供了桌椅。

我买了一杯咖啡，坐到一边，继续工作。

和猜测的完全一致，张阔深在《汇刊》上提出"四次说"惨遭否定无力翻身后，是不甘心的，因此很快他又把同样的文章发表在了《国立清华大学校刊》上。

与营造学社专家们的观点不同，同样是没有文献依据的"四次说"，对于初懂些皮毛的学生们来说，则是惊世骇俗的发现。这种判断是从《校刊》刊登"四次说"之后的后续文章体现出来的。先是张阔深连续刊登了多篇文章，可惜文章并没有什么新意，两篇下来，分别是"上下天光的历史""样式房图档收藏"的科普文章而已，只是字里行间的优越感几乎溢出纸外。不过，这种毫无意义的文章，我还是从中看到了一句令人满心期待的话："样式房不只是姓雷的一家堂。"虽然这句话表述得极为不准确，样式房实属内务府下层机构，雷家人官职最高，自然由雷家领导，这里并非学术艺术界，没有"一家堂"之说，但能有这样一句，就让我对他的张姓更有期待了。

关于"四次说"的三篇文章连续发表之后，终于出现了质疑的声音。毕竟是国立清华大学，就算没有眼力毒辣的老专家，也不可能让一篇没有文献基础的文章支撑太久时间。反驳文章的作者定是看了《汇刊》，《校刊》的反驳观点和《汇刊》如出一辙：没有任何文献证明，仅是凭空假设，甚至可以称之为捏造历史。

一来，"捏造历史"的帽子扣得太高，一般人难以承受；二来，刚刚获得的成就感，就此被戳破，对于自命不凡的人来说，简直无法忍受。在下一期的《校刊》中，张阔深予以反击。只是在我看来，他的这篇反击文章并不成功，可以说是绵软无力。文章中只是偷换概念地罗列样式房不止雷家，而叫得上名的，早一些的还有郭成名、白廷堃，晚期的有赵荣、张永利。而现有文献都只是记载雷氏一家，其他人早已消失在历史长河之中。如果永远以文献为中心，那么看历史就等于管中窥豹。

看到张永利的名字时，我的嘴角不由得上扬。

终于来了，你还挺能藏。

可惜这个张阔深的作文能力着实不行，虽然靠偷换概念卖力反击，但文中不着重点，只有罗列和自说自话的结论。

我开始有些可怜这孩子了。

带着些许期待还有怜悯，我接着往后翻阅，那个质疑"四次说"的学生自然不会放过这个软弱无力的对手，再次发难。文章中直接指出张阔深根本没有就其提出的问题做出有效回答，遮遮掩掩，顾左右而言他。并且，他怀疑张阔深根本没有看懂自己所提出的问题，因此在这篇文章中直接将问题列为一二三条，以便张同学可以看懂。这一二三条问题有强有弱，不再赘述，而其中最为致命的一条和《汇刊》的反驳文章看法高度一致，那就是如何靠地基遗址判断重修次数，其中还包括英法联军全面烧毁圆明园的那一次。

终于把张阔深逼到尽头了，他必须拿出真家伙才能反击成功。

我更加期待这次辩论的结果，继续往后翻阅。

而结果是，张阔深果然没让我失望，只是比我想象得略慢了些。

时隔一个月之后，张阔深的名字终于再次出现在《校刊》上。

文章的结构就像赌气一样，一上来就先刊登了一连串的照片。因为最近这段时间我一直在不间断地看相关文献，照片不必细看就知道，这是某版本的上下天光烫样的各个角度的拍摄图。

照片后面，便是张阔深雄浑却略带绵软的文章。在文章中他说众人想要的文献证据没有，但是实物证据就在照片中，照片里的模型名叫"烫样"。随后，又用了不少的篇幅科普什么是烫样。

真是一个不懂得文章策略的家伙。

大篇科普之后，重点终于出现。他提到这个烫样根本就不是雷廷昌所做，而是出自一位名叫张永利的样式房工匠之手。这就是上下天光的第四次重建证据，而且重建的掌案不是雷氏一家，正是这位张永利。他在文中说到当时张永利已经从内务府申请到拨款，在上下天光那片地方盖出一处如同方壶胜境那样的大景，以证明自己远比雷廷昌伟大，更配得上"样式房"三个字。这才是他毕生的心愿。

看到这些，我不由得要为张阔深叫好。他的文章虽然依旧毫无力道可言，但他的这篇文章完全就是为我的调查量身定制的。文章中提到张永利打算盖的是一处大景，而不只是上下天光一栋楼，或者说申请下来的拨款是盖整座新景观用的，只是第一步要重建上下天光。所有内容都和《营造档》中所记录的内容相吻合。另外，虽然清华大学从1928年到1933年进行了为期五年的清代档案购买和整理工作，但张阔深显然没有看过练兵处的《营造档》。假若他看过，早在《中国营造学生汇刊》发表"四次说"被反驳时，他就会拿出《营造档》来狠狠地打反驳者的脸了。因此，可以推断出的是张永利重建上下天光是张阔深从其他途径获知的，张永利和上下天光的重建工程，从《营造档》和张阔深这里得到了双向证实。

进一步探究后，我发现张阔深所说的其实也并非无稽之谈。因为张永利重建上下天光的经费，来源是内务府。

这一点信息让我再次面带微笑。

原来经费是从内务府要来的，查询源头立刻变得容易多了。照片一共有四张，从烫样的不同角度拍摄，拼凑起四张照片，但基本能看得出烫样的全貌。和现在藏于清华大学的同治时期重修上下天光烫样不甚相同，多了四周山丘地形，甚至还有树木模型在楼后，并且月台要比清华现存版窄了不少。我特意看了烫样的背面，有门而非封死的山墙。而上层只有围栏和立柱，没有门窗，是开放式敞阁，这又与清华大学现存版不同。在这一点上，倒是让我对在上层操作电报的杨继的视野问题有了更精确的认识。

张阔深的上下天光烫样照片实在是为我接下来的探查打开了太多扇便利之门，可以说是珍贵中的珍贵资料。唯独有一个问题，照片中的上下天光烫样，看上去有点儿像是假的，更准确地说，显然是张阔深在一个月的空当里临阵磨枪做出来的。

关于烫样，不能怪张阔深要科普那么多，因为在 1936 年它还没有向世人展览过，中国人对烫样的认识仍处在中国营造学社创始人朱启钤对散落民间的雷氏家藏图样大批量购买、回收阶段。就算是近水楼台的清华大学学生，也未必能看得到真正的烫样是什么样子。因此，张阔深所给出的上下天光烫样，在今人眼里看，实在是漏洞百出，多是道听途说想象而成。其中最明显的尚不是制作手法，比如说树木模型的样式之类的出入，而是无论在上下天光的屋顶还是楼前月台，以及一切需要的地方，都没有贴模型贴签，甚至连一点儿模型贴签的痕迹都没有。在烫样上，模型贴签是十分重要的一个环节，贴签上不仅需要标明烫样名称，更可以让烫样无法表现的室内装修情况以及层高、进深等数据一目了然。

没有贴签，烫样就真的只是一个用硬纸板做的建筑模型玩具而已。

然而，话分两头说，虽然张阔深为论战胜利费尽心思，弄出一个假的上下天光烫样来，但烫样本身是真是假已然不是重点。从烫样的形式来看，它与《营造档》中记录的基本吻合，可知张阔深即使没有烫样，也是对张永利的上下天光了解颇多的。此时，终于可以对张阔深这个名字进行大胆的推断了。从一开始我就很在意"阔深"二字：怎么会有人起出这样的名字，除非名字另有深意，比如说，在营造工程上，建筑开间的称谓就有"面阔"和"进深"之说。这个阔深，恐怕就是营造世家的痕迹。当然了，在这里完全找不到张阔深就是张永利后代的证据，然而从种种间接线索上看，十有八九就是这么回事了。我甚至还想象出在民国时期，张家的家教会在一定程度上严厉憎恨永世压制他们的雷家，不然他不会一而再，再而三地强调样式房不止雷姓一家。

不过这些多是题外话，重点有两项：其一，重建上下天光的经费是从内务府拨款，这样只要去查内务府的财政情况，就会有更多新的发现；其二，张永利如此看重上下天光重建工程，杨继、孟指然这两个上下天光重建工程的真正的外来者，还在不断地给即将完成的主体工程添麻烦，那么张永利对其怨恨之心必然有之，而且恐怕是相当深。也就是说，对于想靠重建上下天光来实现站到即将销声匿迹的雷氏家族之上的张永利而言，他有着充足的杀人动机。

想要减少工作量，实际上十分简单，只要编好一个看起来还可以的哑谜，丢给邵靖，不过一会儿的时间，他就能把我想要的通通找过来。

从清华大学回到家，我打开邮箱，果然收到了邵靖的邮件。

邮件依旧是附件形式，我下载下来一看，几十个 PDF 文档，全是内务府在光绪三十二年到三十四年的财政记录，有奏折、有档册，可以说是铺天盖地，让人看一眼就头大。其实，我根本不需要这么长时间的，只要光绪三十三年两个季度的就足够了。显然这是邵靖对我丢给他的工作的报复，这个家伙总是暗藏各种坏心眼儿。

读清史是一件并不美好甚至有些吃力的事情，因为多数都是公文，毫无美感可言，而且每一条本身又都独立存在，很难有任何逻辑关系，想从中查出子丑寅卯，只能靠记忆力把看似毫无关系的条目串联起来。

说是这么说，但是这一次在文献之海中的探查，我有相当明确的目标，只要看到"上下天光"或者"圆明园"即可。如此一来，每一份文档只要打开大体扫一眼就知道有没有我想要的，然后它果然就出现了。

只要思路准确，其文自现。

内务府在光绪三十三年二月十九日，拨款一千三百两白银，收款方是练兵处军令司；三月十日再拨两千两白银给练兵处军令司。

两次拨款一共是三千三百两，对于建一座上下天光着实不多。如果按照张永利所构想的造出整个方壶胜境那样的大景——当年耗资一万两千两，与此时的三千三百两差出太多。然而，经历了庚子赔款的清政府，哪里还有几万两白银拿出来盖房子。看着内务府拨款给练兵处军令司，却只是为了重建一座圆明园旧景，也真是为其唏嘘不已。

三月十日第二次拨款，这个和《营造档》三月九日的记录显然有着直接的联系。其中方宗胜到底运作了多少，尚不可知。不过，从另一个角度来看，张永利恐怕对《营造档》是相当重视的，毕竟他是一个想要迈过雷氏家族这座高山，站在营造顶峰上的匠人。

再继续翻邵靖发来的那些杂乱无章的档案文献，两份时间完全对得上的文献被我发现了。光绪三十三年三月十二日和四月八日，练兵处军令司采购大木、砖瓦石、石灰、琉璃等建筑物料运至后湖北岸上下天光原址。费用记录翔实，第一次物料、运输、人力加在一起为九百六十两白银，第二次合计是一千七百两。我是万分相信邵靖检索文献的能力的，再往后看，皆无任何追加开支。也就是说，在算房洪广家的控制下，他从三千三百两的建筑资金中竟克扣出了足足六百四十两白银。

这个钱去向何方，我们现在没有找到任何记载。

我不由得再拿出《营造档》的笔记来看。洪广家第一次出现在后湖北岸，正是三月十三日，也就是第一批物料运至的第二天。洪广家和张永利见面就针锋相对地大吵，看来张永利对洪广家克扣物料款的行为极为不满。第二次物料运至，洪广家变本加厉，张永利却没有更多心思去吵，看来是认命了，打算就在有限的材料下，完成自己无限的梦想。

不得不说，我认为在四月八日之后肯定还发生了什么，特别是在学生们和上下天光有了瓜葛之后。

抱着这种想法，我重新翻阅了凌乱的文献，果不其然，还是有所遗漏的。虽然没有"上下天光"和"圆明园"的关键词，然而，当我发现这条文献时，感到又有什么东西被连到了一起。

文献内容是练兵处军令司和内务府互通的电报档案。军令司提出拨款暂缓请求，要求今后费用全力支持日本川崎造船所归国留学生强国项目。内务府立允撤回第三批拨款三千两白银，但归国留学生费用不在内务府范畴之内，请军令司另求他人。

看到这份电报档案时，我几乎是大笑出声，原来他们之间的关系就是如此简单。

说实话，我是完全不相信内务府打算拨出这三千两白银的，军令司的请求大概正中他们下怀，顺势把事情做得漂漂亮亮还不用掏一两银子，何乐而不为。但其中，恐怕最痛恨这个决定的是洪广家。所谓"撤回"，自然是早有预谋的，即便没有三千两白银，至少该有一千两，到嘴的鸭子，竟然因为两个日本归国留学生飞了，他绝对不会高兴的，甚至可能十分痛恨这两个学生。这样看来，他同样拥有了强烈的杀人动机。

"杀人动机已经确定得这么清楚，反倒变得麻烦了。"第二天一大早，我就按捺不住地去找邵靖聊这个案子。

"进展很多嘛。"

邵靖的态度是一点儿都不激动，真是我意料之中了。

"可是只有强烈的杀人动机，还是解不了上下天光的密室之谜啊。"

"强烈的杀人动机？还不够吧。"

"不够？张永利一心想要靠上下天光超越雷廷昌，结果被半路杀出来的两个学生搅了局，甚至工程暂停，扼杀了人家的理想。洪广家因为学生的到来，至少得少捞几百两银子，断了人家财路。再说马全安，在档案里有两处记录过他直接向指手画脚的两个学生喊'不准拿他当个奴才使唤'。恐怕他本来就是一个自尊心非常强的人，更何况在案发前四天，档案里明确记录了马全安对学生之一孟指然大打出手，到底打到什么程度，档案没有记录，但是从结果来看，早晨打了孟指然，杨继挽扶离开，之后两天学生两人再没来过现场。直到案发前一天，两个学生才在下午到了上下天光，准备第二天为陆军部演示。对，就是咱们推断出的，演示电报遥控汽轮，随后隔日就案发了。咱们不说马全安到底有没有算着日子大打出手，就说他下手之狠，能将一个年轻力壮的学生打到当场只能被挽扶离开，第二天都无法出门，其杀意尽现了吧！"我一下子没能收住，说了很多，却发现邵靖只一副无动于衷的表情，不认可也不否定，这更是令人着急恼火，"我是说了'杀人动机确定得清楚反倒麻烦'这样的话，但麻烦的意思是三个人动机的充分程度不分伯仲，依旧不能从动机上剔除掉哪怕一个人。不是你想的那种，所以怎么会有'不够'一说？"

"我所说的'不够'当然不是说他们几个的杀人动机不够，"邵靖终于像等到最佳时机一样说话了，"而是你看得还不够全面。"

"何解？"

"从你的这个角度来看，有杀人动机的不止他们三个人。"

"你是想说方宗胜？"

"也算他一个。"

我一时语塞，不过不能在此就败下阵来："确实到了七月之后，学生们和方宗胜有过不多的争论。七月十日、七月二十八日、八月十日，三次现场争论，档案里没有记录具体争论了什么，但最终还是被方宗胜说服，继续进行他们的试验。"

此时，我硬是想起了邵靖发给我的那份订购单，果然他早就从中看出了问题："所以，两个学生是在问那个订购的小型蒸汽发电机到底什么时候到？"

"必然如此，订购单都发出去了，等不来货，谁不着急。"

"确实没等来，不然最后他们不会继续用连电线的老方法给陆军部高官演示成果……等等，所以那台小型蒸汽发电机一直就没到，"这不是争面子的时候，我立刻在自己电脑上，把邵靖昨天发给我的文档打开，迅速找了一下，便有了结果，"这笔订购款，确实不是从内务府出的，内务府管不到练兵处那边去，但……"

"练兵处军令司自己出了一笔订购款，对不对？"

"军令司有运筹科，有这个财务自由权。"

"可是甚至连订购单都没有发到货方手上，军令司拨出来订购发电机还有电力元件的银子到了谁的手里？从学生们期待的态度来看，不可能是他们，所以……"邵靖故意拖长了声音。

"所以，这么说来，方宗胜也有杀人动机了。杀人灭口，几次争论，会不会是学生们知道得太多？"

这当然就是邵靖想要听到的回答，他满意地用力撑了撑交叉的十指，说："不是会不会，而是学生们绝对知道，因为他们最后一次争执是在八月十号，而案发是在九月二十号，如果还在等发电机，中间一个月零十天，这么长时间的平静，太不正常了。而且在陆军部的人来观看演示之前几天，无论如何也会确认发电机运不到的消息，没有任何临时抱佛脚改变计划的慌乱，也说明他们早有准备。"

邵靖把方宗胜的如意算盘一语道破。虽然扣下小型蒸汽发电机等一系列设备的订购款，方宗胜并不会捞几个钱，但从这一项就能说通很多事情。比如为什么是练兵处军令司忽然想要重建上下天光，又为什么在重建到一定程度，又弄来两个归国留学生搞稀奇古怪的试验。前者就像洪广家所盯上的一样，肯定更能大捞一笔，而后者恐怕就是要给上面的人做出些更好看的成绩来充门面、掩盖丑行。只是中途大捞油水的行为被多事的学生们发现，恐怕学生们不只是发现了他们克扣发电机订购款这么简单，还有其他事情，最终激起了方宗胜的杀心也未可知。

我叹了口气，本来想靠杀人动机排除一些人，结果反倒又加了一个。

"你还是太天真。"

我忽然想起刚才邵靖说的是"算他一个"，也就是说还有其他人？这一次，我多少有些无从下手了，只好认输地说："没有第五个人了啊。"

"真的吗？你再仔细看看笔记。"

"在绘图的张永利、在算账的洪广家、在雕碧纱橱的马全安、在等待观看公开演示的方宗胜，只有这四个人……啊！你是说那个调试完仪器走了的日本国友？"

"你看，自己已经找到第五人了。"

"可是他不是已经走了吗？"

"你是想说，他有完全不在场的证明？可是这样来说，所有人都有，我们又绕圈子回来了。"

"说是这么说，可是走了的人……"

当我第三次说出"走了"这个动作时，忽然明白了邵靖的用意。这家伙对文献的洞察力也未免太强了，我心中多少有些不服气，甚至是赌气地说："福尔摩斯先生，那为什么您不亲自来探案？"

"我只是因为旁观，所以看得清，帮你把好不容易做出的逻辑推理挑挑虫、厘厘清而已。该辛苦还得是您自己，华生小老弟。"他说完就站起来准备回去工作了。

一开始，我还以为邵靖这家伙难得地体谅一次别人的心情，结果一个结尾的称谓，他真心的想法全都毫不掩饰地暴露了出来。

真不愧是我的挚友，哦不，文献之交的朋友邵靖。

合上自己的电脑，我准备去一趟圆明园，实地走一走。因此，我与邵靖各奔东西。

北京的十月，本应该是秋高气爽、万里无云，结果我出了历史档案馆，发现天气已经和早晨大不同了，有点儿像深秋带雨意的阴天。现在的天空不见一丁点儿苍茫和凝重，灰蒙蒙一片，没有下雨，地面却湿漉漉的，浑浊得不像个秋日，只有阴冷和压抑。从绮春园宫门到后湖的九州景区有相当一段距离，远不如从一个没有名字、只有方位的圆明园西南门进去便捷。但在进园之前，我需要买些东西，而西南门所在的西苑地区我实在不熟，只好舍近求远，先到了清华西门附近熟悉的小店，买了一瓶墨汁、一杆毛笔和一本练字用的米字格小册子，才过了马路，从绮春园宫门进了圆明园遗址公园。

在如此天气下，即便遗址公园里植被茂盛、郁郁葱葱，可是在绿色之后，也只有斑斑驳驳的地基、柱基、残破的台阶、破碎堆砌的砖石，挣扎着让游人知道这里曾经是怎样宏伟瑰丽的一处庭院。

绮春园多是一些小的水池水系，池塘里同样是绿。秋季的绿，荷叶布满，抑或芦苇荡，微风吹过，三三两两的黑天鹅在其间缓行，美丽得有些动人，只是这天气，再次给人泼了冷水。

我一边想着有荷叶或者芦苇的水池水深，一边绕过一〇一中学又走了相当长的路，终于到了九州景区，后湖湖畔。

后湖远不及福海景区的水域宽阔，但比起方才的几处池塘，还是给人豁然一片水域的开阔感。

从福海南岸走过来，先抵达的就是后湖的东南岸一角，既然距离正南不远，我决定干脆先到正南岸看一看。

后湖正南岸是九州清晏遗址，九州清晏是隔开前湖与后湖的呈矩形的大岛，而且是后湖的环湖九岛中最大的岛，更是圆明园最核心的景区。它从建成那日起，就是皇帝在圆明园的寝宫。内外十几进的大型四合院建筑群，现在只剩下些碎石台阶，连所谓的残垣断壁都不可能见到。

光绪三十三年(1907)的九州清晏想必比此时要苍茫许多，现在的绿茵草坪，当时只能是杂草丛生，遮掩着下面的一片焦土。不过，既然有高官来访，大概会在岸边搭一些临时栈道，不至于让高官走在草丛中。

走到岸边，我看了看平整的草坪缓坡，才笑自己竟妄想看到一百多年前木桩的痕迹，随即抬头认真遥望湖对岸。灰蒙蒙的天和灰蒙蒙的湖面之间，依然只是绿莹莹的环湖岛景。上下天光在偏西一边，在南岸望去，除了能看到有走进水中的台阶遗迹，以及台阶西侧小小的土坡之外，别的什么都看不出来。

我又根据远观台阶遗迹构想了一下二层楼的规模。如果没有乾隆时期楼体左右对称的水上曲桥，或者咸丰时期加盖在楼前的天棚，那它只能是一座远在湖对岸、几乎没有什么倒影可映、孤零零又光秃秃的二层木楼而已，即使和在湖中冒着滚滚黑烟的永和轮比起来，也不会有什么吸引力可言。在这样远的距离，就算上下天光上层是开放性的，在上层也根本不可能看得清楚，何况它有大屋顶遮掩，所以从陆军部众人这边发掘出什么目击文献的想法，恐怕是落空了。

环湖九岛之间都有拱桥相连，我从后湖西岸走过去，分别路过武陵春色、坦坦荡荡、杏花春馆三岛。在走过去的路上，我不禁再次唏嘘。《营造档》最后一次记录，皆是以"汽轮撞西岸前覆没"的方式记录，无一人写下是将撞到坦坦荡荡还是杏花春馆的岸。庚子年才过去了七年，什么辉煌瑰丽全都迅速被遗忘，忘得干干净净。

要是从西边到上下天光这座岛上，需要绕行那个土坡小丘。所以我选择从后面绕过来，这样自己的视角正好能和上下天光的观景视角一致。面前是世人渴望的湖光山色，虽然现在只是一片阴冷压抑的灰暗浑浊。

上下天光的遗址现在只剩下楼体建筑台基和月台。台基高于地面，而它的正后方并没有台阶。然而，我并不觉得这样的设计有什么违和，因为最开始考古队到上下天光时，只看到一些被烧到完全碳化的柱子和旁边散乱堆放的大块砖石。而我们现在所能看到的完整的台基和月台，不过是在2004年草率修复之后的结果。当时修复到底根据的是哪个图样版本都不好说了。

登上台基，我再次想象了一下如果这里有楼，将是如何一种场景。又在想象中墙体的后面，观察楼梯、西次房、月台以及窗外的空场。因为没有真正的楼梯，所以我不可能登上二楼，依靠着想象出来的二楼，我再去考察了身处二楼的视野。

我先是站到了东侧楼梯边的位置大概估算了一下，随后拿出了在清华西门现买的墨汁、毛笔和米字格练字册子。

站在台基上，仅凭我想象出来的墙壁、楼梯、桌椅，是无法让我依靠的。所以，此时我手中的这三样东西，是怎么都无法在我站立的情况下完成任务的。无奈之下，我只好在想象中的北墙和楼梯交界的空当处，面朝后湖，席地而坐。

当时没有多买一个纸杯放墨汁，实在是失策。我只好拧开墨汁瓶，把毛笔直接探进去蘸了蘸，在米字格册子上写了起来。

凭借对烂熟于心的场景记忆，我并没有按照练习册的格子顺序来，只是从右往左竖着用小楷字体写下来：十五点钟，方总监督穿堂至月台……

直至写完"展示汽轮成果准备"，我一共蘸了十次墨，可以说我用的笔和墨质量着实不行，平均每写九个字就要蘸一次墨汁。不过，按照《营造档》里的记录，当时枯笔甚多，应该根本没给那四个档案太监备好笔好墨，恐怕他们当时和我现在的状况差不多。

在记录的过程中，因为蘸墨和回忆场景组织字句，耗费了我不少的时间。当我写完最后一个字后，我看了一下时间，一共耗时六分钟。

随即我又到了想象中的西次间位置，以及楼外东南、西南两角，把《营造档》光绪三十三年九月二十日十五时发生骚动之前的内容又重新写了一遍。写完计时，皆在五到八分钟。

耗费了半个多小时，我又冷又累地坐到了上下天光的月台遗址上，看着依旧灰蒙蒙一片的惨淡后湖，对自己叹了口气。

就算是先入为主的思维，也无法弥补我真实的愚蠢。现在我还依稀记得，在第一次听到邵靖描述这起命案之后，我和他都认为《营造档》就是一盘监控录像。监控录像？真的是太异想天开了，这只是一个比喻手法，可是现在看来，当时草率的认识却完全影响了我的思维和逻辑推演。

在那个时候，当然绝不可能有真正的监控录像，被比喻成监控录像的《营造档》，从我刚才的实践中已经很明显地看出了差别。监控录像，就算是用古老的卡带方式记录，那也是实时记录，也就是说所看到的就是那个时刻所发生的，我之前的误区就在于此。比照监控录像，清代的档案记录即便是像《营造档》这样一个小时记一次，也绝不可能是实时记录，可是这一点我一直没有思考过。更进一步说，虽然《营造档》的每一条记录都会标明时间点，但那并不代表档案太监们可以和摄像机一样，瞬间就将那一时刻的场景记录下来。与其说以一个时刻凝固住的记录是录像，不如说那更像是照片才对。并且，在我的潜意识里，确实也是这样认为的，每一个小时的记录都是该时刻的场景重现。我所有的推理和构想出来的谜题都基于此，直到邵靖一语中的。

"日本国友走了。"

我特意又去看了《营造档》中太监之二的记录，该记录中写着"日本国友于上层调试完毕，回新立水师学堂待命，离开"。这比"走了"更加明显，可是我当时完全被自己先入为主的观念所误导，以致并没有注意到，这是一个系列动作，并非一张照片式的记录。换言之，这位日本国友绝不可能在一个时间点上做出"楼上调试仪器"、"下楼"和"离开"这三个动作。

再进一步说，重新思考《营造档》到底是什么样的记录机制，就显而易见了。

记录需要时间，并且在记录的时候无法观察记录时所发生的一切，解决这两者形成的矛盾的办法只有一个，那就是把两者错开。观察的时候不记录，到了记录的时候专心记录即可。如此推论下来，《营造档》自然不可能是一个即时记录仪，而是回忆式记录册。

这么显而易见的事情，我居然绕了这么大的圈子才发现。此时，后湖的水面上略起微澜，微风让人感到更加阴冷难耐。我依旧坐在冰冷的月台石阶上，似乎这样能让自己的大脑略微清醒一点儿。那么进一步说，案发时记录的四条内容，永和轮急行猛转之前的记录，自然就是四个档案太监等到了十六点之前几分钟或十分钟的时候，凭借自己的回忆为十五点开始的事情做的总结式记录。这样的记录方式，效率最高，错误也应该最小，他们半年来都是如此操作的，所以早已熟练，直到在高官大员亲临的重大场面下，汽轮突然翻船，二层围栏被扯断，甚至还有一人被杀这样的突发事件发生为止。无论之前还有什么没有记到，此时肯定都会立刻转来记录这个突发事件。并且，当时的时间尚未进入十六点，所以记录的内容仍停留在十五点条目中，这无可厚非。由此可以推断出，原来案发时间并非在光绪三十三年九月二十日十五点整，而是十五点五十五分前后。

案发时间并不怎么重要，重要的是四个档案太监开始记录十五点条目的动作和过程。

假设他们都是在每个点钟的五十分开始记录，最快的一个是太监之三，他大约用了五分钟就完成了记录。那么，凶手就是在十五点五十分到五十五分之间作案，并离开现场的。在五分钟的时间内，即使是最远的、在雕碧纱橱的马全安，也足够上楼杀人并胡乱操作永和轮使其翻船，随即再下楼离开。在五分钟之内，无论是谁看到凶手的行为，都不会去记录，因为那些档案太监们早已用半年的时间形成习惯，根本不会在事情发生的瞬间记录。然而，光绪三十三年九月二十日十五点的条目却是《营造档》整本档案的终结。我们永远不可能看到十六点条目中记录凶手的行为了。

现在看来自己真是可笑至极，还天真地认为所有人都有不在场的证明，而现实是所有人都不具有不在场的证明，哪怕是那个被邵靖提及的调试仪器后离开的日本国友，就连他也有回来杀人再离去的可能。

日本国友，这个日本国友真的也有杀人动机？然而，在知道他的杀人动机之前，我们要先知道他是谁才行。

看来，我又要多一项新的调查任务了。

当隐约听到一〇一中学放学的音乐声，以及学生叽叽喳喳满是活力的说话声时，我才意识到现在竟已是傍晚时分，而此时整个后湖九州景区已经暗得阴森起来。

我颤抖了一下，赶紧收拾笔墨，现在的我万分想念园外的热咖啡，此时应该赶紧离开这里。

关于那个日本人，在我之前阅读摘抄的笔记中确实有所疏忽。所以我不得不在第二天一大早又去了清华的建筑学院资料室，借来《营造档》，从头到尾把自己的笔记重新补充了一遍。

大概在学生管理员眼里，我这个熟悉的外校人像风一样地查完资料然后又火急火燎地走掉了，似乎有一些不太正常。没办法，时间不等人，因为第二天我又要去葵井小姐那里报告了，所以现在我只能更加抓紧时间了。

回到家里，我先是摊开新的笔记，开始认真梳理。

果然，自己之前遗漏了太多细节，一直没有注意过日本人的动态，现在从总结来看，他确实还有太多地方需要深入调查。

这一次因为着重点落在《营造档》里所提及的日本人，所以在整理笔记时，我的梳理工作变得比较轻松。很快我就确认了所有日本人，前前后后一共出现了七个，但其中仅有一人记录了名字，名叫藤枝新次郎。之所以其他人没有名字，只是因为他们从来没有被人介绍过，档案太监自然不知道他们的名字，只能记录当时的人数。

在七个人中，包括藤枝新次郎在内的六个人有另外一个共性，就是他们都是川崎造船所为组装永和轮派来的。这样说来，藤枝新次郎应该是六人中的头领，所以在他们和零散分装的永和轮一起抵达圆明园后湖岸边时，方宗胜只介绍了藤枝一个人给在场所有的工匠和学生。

那么，七人中多出来的那位，自然就更为显眼。而这位显眼的第七人，正是邵靖让我注意的那位日本国友。

如此明显的一个可疑人物却一直被我忽略，我确实是傻了。这位日本国友第一次出现是和两位学生在一起。档案中记录他是水师学堂的外籍教师，其他什么记录也没有了。而《营造档》只是记下了他每次来到上下天光都是去上层。这样看来，被邵靖推断出来的那座电报遥控器得以完成和使用，恐怕有一半功劳是这位日本国友的。可他并没有像另外四个案发时在场的人一样，具备明显的杀人动机。一直以来，他都只是平平淡淡地来，没有任何争吵，没有发生过任何冲突，把自己要做的工作做完然后就离开。和案发当天他的行为并无两样。

即便如此，也依旧不能把他排除在外。况且一个连名字都没有的人，实在让我不甚放心。不过，想查到他的名字，应该不是难事。《营造档》中其实记录过很多次，他任教于水师学堂。仅凭此一点，就足够把他挖出来。原本设立在颐和园昆明湖畔的京师水师学堂，经历了甲午战争、庚子之变后早已不复存在，倒是上海的江南水师学堂、天津的北洋水师学堂还有威海水师学堂随后发展起来。换言之，在庚子之变后，北京城包括周边，不再有新的水师学堂成立。那么，这位日本国友一直在水师学堂任教又是怎么回事？

实际上，这又是袁世凯计划中的一个环节。袁世凯在一步步的军事改革中，不仅大刀阔斧地更改陆军军制，借甲午失利的余波，一跃站到了海军之上，他还极为看重军队操练，因此才有了练兵处。当然，练兵处几乎就等于是他自己的亲兵，这一点在辛亥革命后就完全暴露出来了。除练兵处之外，袁世凯同样把目光投向了国家治安重点——警务。改革警务学堂的教育，开设新型警务学堂，培养高级警察人才，同样也成了袁世凯大棋中的一步。

在初步改革之时，为了步步为营并且不打草惊蛇，出现了各式各样挂名的军事学堂，这些都成了袁世凯警务学堂改革的预备点、缓冲地。这个水师学堂，想必也是其中一员。袁世凯打算引进的是日本式的警察学校教学体系，那么作为预备点的水师学堂，聘请日本人做教师，更是合情合理。

想找到一个灾后独苗的水师学堂的信息，并不是难事。只要是学堂，总会在报纸上发布各式信息，包括学堂的地址、教学理念、课表安排以及师资储备。

我是抱着大海捞针的决心进入1907年前后北京的报纸海洋里的，但没想到我捞上来的竟是一个宝箱。从报纸的招生广告中，我很容易就找到了这所水师学堂自办的校刊。区区一所名不见经传的水师学堂，居然还办了校刊，我翻了两眼，发现记录相当详尽。如此详尽反倒让它的存在合理化了，显然这是袁世凯希望能在它成型之前监控得到每一个预备点的角角落落而特意为之的。

有校刊在手，什么都逃不掉了。打开校刊，很快，我就看到了水师学堂唯一的日籍教师的名字。当然，在我看到他的名字时，忽然也明白了作为一个单独行动的比较重要的人物，还被两个学生介绍过一次，却偏偏在《营造档》上没有记录下名字的原因了。他名叫"大友健助"，恐怕在学生介绍的时候，直接称他为"大友先生"，档案太监们因此产生了他是学生们友人的误解，结果一直记录成"日本国友"而非"大友"之类。

这真是一个令人哭笑不得的误解，从这方面便可看出当时档案太监们是有多么看不起两个学生和大友本人，也许他们也并未看得起过。

这个水师学堂自然不可能像甲午前的京师水师学堂那样设立在皇家园林颐和园里，但是它却离圆明园不太远，在海淀镇。说是水师学堂，可是它却比曾经在昆明湖里练海战还要像个笑话，因为万泉河边就算是这所水师学堂的操练场了。不过，看课程倒是一目了然，根本没有任何水师操练，陆军的课程反倒占了大半。而大友健助教授的是对口专业——电学。

基本信息已经确认，接下来直捣黄龙。我翻到光绪三十三年九月二十日，看看会不会有什么发现，即使是毫无发现也是一种确认。

然而，让我最失望的是，看到这一天的课表，刚好是下午四点钟有一堂大友健助的电学课。下午四点，如果按照我对《营造档》的重新推断来计算，大友健助离开上下天光的时间最晚不会超过十五点五十分。而太监之二所记录大友健助离开是在第二句，这之后还记录了洪广家与马全安的对话，以及杨继在上层调试机器的声响。从这些内容中我可以进一步推断出大友健助离开的时间至少不会晚于二十五分。半个多小时从圆明园回到海淀镇，并无不可。

他的离开，只是为了衔接上自己的课程。课程成了他绝不可能停留在上下天光等到十五点五十分杀害学生的完美不在场证明。

失望之余，我只是惯性地又往后翻了几天，可没想到正是这无意地翻阅，竟让我眼前的火花再度燃起。这个学堂的校刊上专门有一个学生写感想的栏目，多是学生发表一些学习观感以供交流。

在九月二十四日的校刊上，学生的感想是抱怨。

而抱怨的内容让我激动，学生抱怨道："原本就听不大明白的电学课，老师已经缺席三天了，同学们心急火燎，希望快些重新开课。"

三天，不计算印刷报纸的二十四日，刚好就是从二十日开始缺席的。也就是说，方才我还认为大友健助有完美的不在场证明，现在已经被学生给揭穿了。大友健助从上下天光离开后根本没有按照课程安排回学校去教课，而且接下来的几天也没再出现过，这样的行迹使他变得极为可疑。

至此，疑犯又多了一人。而且，从杨继的死状来看，他是被电死的。教授电学的大友健助，显然又多了一层嫌疑。

按捺不住发现的喜悦，我立刻把这些内容整理成一封邮件发给了邵靖。发完以后，我才意识到这个发现没有什么值得高兴的，不就是排除掉一个嫌疑人，又增加了一个嘛。不过，还没来得及让我多想，我就已经收到了邵靖的回信。从发送到回信，只隔了一分钟，他这一次反应也未免太过迅速了吧。

我皱着眉打开了邮件，发现内容只是几个字："大友健助？"什么意思？他似乎对这个名字十分在意。我猜不透这封邮件的用意，能做的只有等待。不过，这个等待时间并不算久，随后邵靖的邮件再次发来。

我立即点开来看。邮件没有正文，只有附件。这种形式我早已习惯，点开附件来看即可。

附件只有一页，全日文内容，而从文字形式来看应该是电报文。

电报自然有时间、地点、收发件人信息，这都是一目了然的事情。先从时间开始，是明治四十年十月二十六日。我对日本的纪年不太熟悉，换算一下才知道，那正是 1907 年，而十月二十六日，便是光绪三十三年的九月二十日这一天了。

算明白日期，我不耐烦地用食指敲了敲桌子，此时有很多不安冒出，我只好继续往下看。

发件方信息非常全，在大清国的京师北京，发件人是大友健助。收件人是日本神户大友电气。看来，这家伙在日本还有自己的产业。

看到这里，我已经明白大友健助是我列出的所有嫌疑人中第一个拥有绝对不在场证明的人了。不过，我还是坚持把电报的内容看完了。

明治时期的日语中汉字偏多，但语法与现代日语有不少出入，所以我读起来多少有点儿困难，但终究还是能读懂个大概。

电报内容是大友健助打的报告，告诉收件人最后调试完成，保证杨、孟设备没有违反《万国电报公约》，请放心。

我不完全懂电报的内容，但几个关键词更加清晰明确地让大友健助变得绝对清白。

如此明确地提到杨、孟设备，还说了是调试完成，可见他是在二十日十五点调试之后才去发的电报。这样看来，大友健助的不在场推理就非常简单了。

首先，他发的是国际电报，当时为了防范间谍和泄密行为，清廷要求国际电报必须由本人，并经检查电报内容后才可发出。这一点已经证明大友健助必须亲自去电报局才可以。其次，当时在北京虽然已经有不少电报分所，但可以发国际电报的只有位于东单二条的北京电报中心局。

接下来，只要明确两点就可以知道大友健助是不可能在上下天光等到十五点五十分之后再赶去发电报的。其一是圆明园在北京城的西北郊区，比海淀镇还要靠北不少，距离东单二条至少有三十公里的路程。其二是北京城每日在日落时会关闭城门，圆明园在城外，东单二条电报中心局在城内。中秋过后的北京，日落时间在下午五点半左右。而从圆明园赶到最近的城门西直门有二十公里的路途，即便是搭了马车也至少需要一个小时的时间。而从西直门到东单二条是没法搭乘城外马车的，乘坐人力车即使是全速奔跑，也要一个小时才能抵达。

假设他作案之后从上下天光出发，也就是将近十六点，一个小时抵达西直门也就是十七点。此时西直门尚未关闭城门，他再用一个小时才能抵达东单二条。然而，在进入西直门之后的半个小时，太阳便落山了，一个小时之后，天就彻底黑下来。即便他此时抵达电报中心局，那里也已经下班关门了，不可能给他发出标注"明治四十年十月二十六日"的电报。因此，他离开上下天光的时间必须早于十六点至少半小时才能确保抵达电报中心局时可以发得了当天的电报。

无论大友健助到底用了什么方式，他都必须在十五点之后出发，十七点半之前进入西直门并尽快抵达东单二条，不到两个半小时的时间，三十公里的路途，经不起一丁点儿的耽搁和停留。

"很好，至少没有增加新的嫌疑人。"

我这样劝说着自己，好让自己不会太过失落。这时，我突然又收到一封新的邮件。

还是邵靖发来的。我猜不到是什么内容，只好点开来看。这回竟没有附录，只有一句话的正文："另外几个日本人，叫什么名字？"他是察觉到了什么是我未能察觉的吗？我无法去揣测，只能把另外六个川崎造船所派来的技师名字和记录全部发给了邵靖。

等了大概一个小时，邵靖的回信终于来了。

邮件依旧没有附件，只有正文一句话："藤枝新次郎，这个人有确凿的杀人动机。"

我看着这句话愣了许久，却并没有再给邵靖回信。虽然这句话着实让我陷入沉思，但今晚我已经没有时间和他周旋了。我打开了另外的文档，对杨继、孟指然设计的是电报改造的遥控装备，而铜箔应该是遥控装备的数据记录卡的推断做了详细的报告，发到了葵井小姐的邮箱。

"收到，谢谢。"

这是她第一次给我回信，连"明天见"这样的客套话也并未出现。

我忍不住再次悄悄看了看她的那个社交平台，最后一条仍是在成田机场的那条动态，并未更新。

真是一如既往的冰冷。

秋日下午的清冷日光，映着一片不大的湖光和四周的荒芜。只有湖的北岸，一座崭新的二层楼阁风风火火的样子和湖边全景格格不入。二层楼阁却毫不在意，它只是专注于湖中那艘与它相连的古怪的小型蒸汽轮。

小型蒸汽轮的样子异于寻常，一切甲板上的舱房全部被卸掉，水面上两个半圆明轮更加突兀，像是判官高耸的肩膀，头顶还有一根粗大的烟囱，开始冒着滚滚黑烟。然而，它的怪异还不仅如此，即便在岸边远观，也能看得到有一个三臂的庞然大物，正坐在船的中央。三根泛着金属光泽的机械摇臂在同一个锅炉汽缸的蒸汽驱动下，看似笨拙地按照指令前后推着蒸汽轮的操纵杆。

船就在机械声和黑烟中自行运转起来。在荒芜的圆明园后湖中，在格格不入的上下天光的注视下，这终究算得上是一幅奇景了。

我非常清楚这只是想象，而且还有太多不合理之处，我甚至根本没有去顾及一直在船上的孟指然的作用。因此，这种不着边际的想象，只能让它们停留在脑海里，不能让它们真的跳出来被别人发现。

然而，我这个不争气的脑子，就是停不下各种胡思乱想，因为此时，葵井小姐正全神贯注地看着我做的《营造档》机械元件采购记录总结表。被按日期和种类重新整理过的那些机械零件，就在此时拼了命地往我脑子里钻，吵着要组成新的机体。

"好聪明的设想。"不知葵井小姐看到哪个地方，忽然发自内心地感叹道。

虽然我很想把邵靖的原话"远在美国，特斯拉已经发明出更为简便直接的遥控船装置了"这个残酷的事实告诉她，但此时我已然被面前这位与上一周判若两人的甲方所吸引。

她完全专注于我做的表格之中，流露出一种沉迷的表情，还时不时会在她的本子上记上一笔，就像是在给一百多年前学生们笨拙的遥控汽船设计批改疏漏、准备答辩一样，这不禁让我心动。我注意到，她与我见的这三次面换过不同的套装，但从来没有换过鞋。旅途不易，行李能精简便精简了，而此时我发现竟心生了一丝愧意。

幸好，我还有基本的理智，在和上周同样的顶层咖啡馆、同样的座位、同样的远离窗边，我明确地知道这位甲方对我是毫无期待的。

我礼貌地点点头，作为对葵井小姐方才惊叹的回应。感觉至此我已经完成了所有的工作，从我昨天发出邮件之后，这似乎已然没有了悬念。

所以，我打算把最后的完结符画上，开始把这场报告拉入正题，开始讲解铜箔和忽斯登收报机以及学生们所设计的电报遥控装备之间的关系。

被改造的永和轮一直处在试验阶段，试验就需要有试验记录，又因为是行船试验，普通的电报字条会有沾水损坏或是丢失宝贵试验记录的风险，所以他们选择了不怕水又容易打孔记录的铜箔。换言之，那卷铜箔就是……

我本来是在组织语言做最后的告别报告，但这时我的思维突然定住，之前我怎么一直没有注意到这个关键点。既然是试验记录，而且从《营造档》可以看出，他们成功运转的试验至少有五六次，那么至少应该有五六卷铜箔，为什么偏偏只有这一卷，或者更准确地说，为什么偏偏是最后一卷留在了永和轮上？而且，我把记忆回溯到第一次和邵靖见到葵井小姐时，我所描述铜箔发现的位置，是在锅炉和炉壳之间的缝隙里，那种地方绝对不是随随便便能掉进去的。换言之，这不是掉进去的，而是有意塞进去的。

虽然这个结论早就有，但一直没有像现在这样明确，明确它的特殊性。而这种特殊性又代表了什么？为什么孟指然在那么危急的时刻，率先做的不是逃命，而是将试验记录用的铜箔藏到那么隐蔽的地方？

我忽然想看一下铜箔，不是铜箔的照片，而是它的全貌，或许只有看到上面所记录下来的全部信息，才有可能解开谜题。

原来葵井小姐的委托，和我所关注到的命案是如此息息相关。

"谢谢你。"

我一定是走神儿太严重了，竟完全没有明白葵井小姐在谢我什么，只能不由自主地露出了尽显痴呆的疑惑表情回敬她的谢意。

葵井小姐似乎并不介意我的这种反应，竟让我看到了她最真诚的、带着酒窝的甜甜的笑容，像是在安慰我一样，说："你做的工作非常专业，所以谢谢你。"

哦，原来是久等的告别。我没有再说话。

"今天收获满满，"她把记了满满一个跨页的笔记大大方方地展示给我看，"所以非常期待你的进一步调查。"又是一个甜甜的全无往日冰冷的笑。

告别得有些漫长……等等！

"进一步调查？"我太过吃惊，直接把心里话问出了声。

"是呀，现在的报告还有很多只是停留在推断上，不是吗？我们需要的是更确凿的文献证据。"说到专业话题，葵井小姐立刻严肃起来。我方才那种只有孩子见到梦寐以求玩具的那种痴迷感瞬间烟消云散。

我满脑子都是铜箔与炉壳的事，无法准确理解她所说的推断是哪些，证据又是哪些，只好点头回应，别无他法。

"那么，下周见。"

说完，葵井小姐和上周一样率先起身，拿着咖啡结账单去了前台结账，随后便离开了。

也许是错觉，她的背影竟与上周有所不同。

回到家里，我平静了一会儿后才真正意识到自己所关注的这起一死一失踪的百年密室案件，即便查出了如此之多的新材料，通往真相的线索也仍旧是一团乱麻，毫无起色。

"杀人动机"，我的寻找重点又重新回到杀人动机上。

大概因为上午与葵井小姐的谈话，我的思路忽然有所不同。之前言之凿凿的那些杀人动机，现在看起来也并不是那么无坚不摧；在推断出来时就感到些许异样，现在变得更加明显清晰。

不过，在此之前我还有更需要在意的事，就是邵靖发来的那封邮件的意思。我现在又有了整整一周的时间，看来足够再任性地查些自己想要查的东西了。毕竟葵井小姐还是不会对我有太高期待的。

"藤枝新次郎有确凿的杀人动机。"邵靖的邮件里是这样说的。那么当务之急就是先查出藤枝新次郎到底是谁。显然，邵靖是查出来了，但他偏偏跟我打哑谜，不肯直接告诉我。那么，这一次的游戏，我只有再次接招了。

藤枝新次郎并不难查，从《营造档》里便可知道他是由川崎造船所派来，协助清国人员现场组装永和轮的技师。因此，去找当年川崎造船所的相关文献，便可以找到蛛丝马迹，然后顺藤摸瓜地把这个人查清。

这就是我最擅长的办法。

因为擅长，所以当结果过于简单地摆在眼前时，我不禁为之一惊了。

怪不得邵靖给出那样的判断，这个藤枝新次郎果然不是普通的技师。只要把他的经历往前追溯半年，就能看出端倪。藤枝新次郎是在 1906 年年底入职川崎造船所，并担任造船执事的。此条看上去并无特别之处。然而，如果连同藤枝的入职档案记录一起来看，就会发现异样。藤枝入职前的记录仅有服兵役期满一项。可以说他的履历是空白的，毫无出色之处。其实空白最容易被无视，尤其是隐藏在真假难辨的繁杂信息之中，可是一旦被注意到，又是最明显的疑点所在。

藤枝在入职川崎造船所之前，没有任何留学经历，没有师承，也没有蒸汽机或者机械制造相关的工作经历，却能直接入职明治政府五大重工企业之一，而且还担任了相当高的职位，仅此一点就可以看出端倪。如果再沿着这条线往下摸，就又能发现更有趣的"巧合"。

原本，发生在 1905 年的在日中国留学生退学风波，并没有波及造船工厂里的学徒工式的留学生。而且到了 1904 年 4 月之后，中国留学生又陆陆续续回到日本，中国留日学生人数达到新高峰，但川崎造船所里的十名留学生的境况却截然相反。这十名学生已经在川崎造船所的五大不同部门留学两年之久，即将进入第三年，随即完成学业归国。可是，在藤枝入职之后不久，十名学生有两名就从此消失不见，其余则全部退学。

两名消失的学生自然是因为某种原因被处理掉了，再看另外八名幸免于难的学生，其中就包括了杨继、孟指然两位。在1907年初，他俩被川崎造船所强行扫地出门，在日本无处可去。他们在日本到底怎样生活，并不是我所关注的重点，而重新追溯那两名被处理掉的学生，就又能发现两个新的交叉点。

1906年，对于日本海军来说，是个值得纪念的年份。在这一年，日本终于自主研发制造出第一艘潜水艇，完成这个里程碑式生产任务的正是川崎造船所。日本海军欢庆，藤枝入职川崎造船所，全部中国留学生被扫地出门，其中两名被处理，几件事时间连贯得让人觉得从川崎造船所到明治政府都自大到根本不打算掩饰。不过，值得额外注意的是两名被处理掉的学生，他们并不是在潜水艇机体制造相关的组里，而是在动力组。

动力组，我立刻查了川崎造船所在1906年自主研发造出的潜水艇到底有什么特别之处，随即就查到了。原来他们是在潜水艇中使用了更高效的电池组，以保证节省潜水艇内部的机械空间，从而提高潜水艇的航行性能。也就是说，川崎造船所造出的潜水艇，在其他部分不外乎是拆了1904年从欧洲购买来的现成潜水艇，然后照葫芦画瓢地弄出来的。唯独电池，是自主研发的新技术，研发机构正是动力组。

一切都不言而喻了。动力组的两名中国留学生触及电池制造的机密，清除他们势在必行。单单清除掉两个学生，很难服众，所以干脆将另外八名也都通通赶走，倒也图个清静。可是他们看到杨继、孟指然两名学生回国后，还在做蒸汽船研发，甚至还进入了海军，终究是不放心的。天赐良机，刚好有永和轮赠送一事，恰巧两名学生还要利用永和轮，无论他们是要研发什么，有这样的借口，就可以再度派出那个处理掉动力组两名学生的藤枝，盯紧这两个新的眼中钉。

或许一开始藤枝并没有杀死两人的必要，毕竟杀人永远是最下策。不在动力组的杨、孟两人并未触及核心技术，只要盯上一段时间不出异样，藤枝的任务应该就算完成了。然而，永和轮在圆明园组装完成不到一个月，两个学生就做出了越过警戒线的事——主动向川崎造船所订购了一台蒸汽发电机。虽然不是电池订单，但已经极度趋近，这完全超出了藤枝按兵不动的阈值，必须尽快处理掉他们才行。这正是邵靖所说的"确凿的杀人动机"了吧。

我把刚刚检索到的所有档案文献存到同一个文件夹中，便不再去看。因为所谓的杀人动机，藤枝确实是充分具备的，但进一步的结论我已得出，具有确凿无误的杀人动机的藤枝新次郎绝不可能是上下天光一死一失踪案件的凶手。

确定这个结论，自然是因为描述命案全过程的《营造档》给予了藤枝新次郎绝对无法推翻的不在场证明。这个不在场证明，并不是像其余五个人那样，只是描述了他们在案发时不在二楼的错觉，而是在案发全日里，藤枝新次郎就没有出现在上下天光附近。幸好上一次摘抄《营造档》时，我特别留意了所有的日本人，所以可以很明确地肯定，藤枝不仅是光绪三十三年九月二十日这一天不在上下天光。其实在七月九日之后，无论是藤枝还是永和轮组装工程队的另外五名日本技工，都没再出现在《营造档》的记录中。

如此长时间的缺席，很难想象他会在两个月后突然出现，还能如此掩人耳目地杀人。如果真的能有这么大的本事，又为什么一定要做得这样明目张胆，隐蔽些岂不更好，而且还可以避免不必要的外交危机，特别是在湖对岸还有陆军部的高官观看的情况下；杀人的失败成本太高，同样让藤枝是凶手的推理变得更加不合理。

其实我不只是依靠一些推理，就将藤枝彻底排除在凶手名单之外的。藤枝在七月九日之后不再出现，这个日期本身就已经提供了相当明确的调查线索。我为这起命案专门做了一个重要事件时间表，这样就很容易发现七月九日的特别，因为在第二天就有一个记录。方宗胜与两名归国学生第一次发生争执的日期是七月十日。

至此，很多隐藏在《营造档》记录之下的信息慢慢浮出水面。方宗胜和两名学生到底在争执什么，上次和邵靖讨论的结果是学生们询问为什么订购的小型蒸汽发电机还有电力零件迟迟没有到货。结论不会有什么问题，然而我那时并没有和邵靖深入讨论为什么那次争吵偏偏是在下订单之后二十天的时候爆发。现在答案明确了，因为苦苦等待小型蒸汽发电机的学生们，忽然发现自己与母校最后的联系不见了，所有的不安、不满和焦虑全都爆发出来，所以他们直接质问官职地位高于自己很多的管事人方宗胜的行为，就变得合理起来。假若两名学生还知道了藤枝一伙正是方宗胜一手给调走支开的，那么在他们离开之后第二天就立即对峙，便更加符合一般人的行事逻辑了。

至此，我自然需要找到更为确凿的证据来证明自己的猜测。因为逻辑没有问题，所以这次的检索证据变得轻松高效。

　　时间保守地定在七月九日之前十天的范围，只需着眼《总理练兵处档案》即可。它是除去《营造档》之外，收录练兵处绝大部分历史档案的文献集。这部档案现藏在故宫博物院的中国第一历史档案馆里，想要看到原始文献相当困难，幸好该馆会定期发布档案整理成果，文献的文字内容都可以从成果丛编中看到。况且我也没有看原貌的必要，成果丛编还可以从数据库中下载，这对我来说相当方便。

　　有的放矢地去检索一番，我立即就找到了自己想要的。

　　练兵处的电报档和公文档全有痕迹。方宗胜直接给练兵处总理大臣庆亲王奕劻打了电报，希望能将川崎造船所优秀技师调到福州船政学堂，为学堂教学质量添砖加瓦，并在电报中用组装永和轮的过程极力夸赞了一番藤枝的造船才能。方宗胜的言辞显然打动了奕劻，奕劻立即回电表示应允，并为日本友人旅费拨款；再查练兵处公文，奕劻办事无误，全部符合电报中所承诺的。

　　由此可见，藤枝一行的离开，确实是方宗胜主动所为，而且相当急切，并将其送到了远在南端的福州。他一心护着学生们的安危，尽显其中。如此一来，一个多星期前我确定的方宗胜的杀人动机，那个因为学生们知道了太多他私吞公款的事情而灭口的动机，只能画上大大的叉了。如果方宗胜真的想灭口，为什么不直接借藤枝之手，还落得干净，甚至有可能借题发挥咬上川崎造船所一口，顺便还能捞上不少额外的油水。再进一步去思考他的所有行为，那台小型蒸汽发电机的订单，正是方宗胜为了保护学生才主动拦截下来的，以防惊动日本一方，恐怕只能这样解释了。

方宗胜和两名学生的矛盾，三次争吵全是源于保护他们的初衷，这一点一旦被确认，这个人就可以变得清白了。

我再度为了这个案子深深叹了口气。到头来竟因为一个具有确凿杀人动机的人，让一切又回到了原点，依旧毫无进展。现在看来，确实是一无所获，甚至还会有所倒退。

现在只好再重新审视一遍另外三个人的杀人动机，从而确定是否真的合情合理。

动机这种事情，如果从一个人的过去无法进一步判断，那么还可以去看看事件之后有什么蛛丝马迹。

三个人里最容易查到的是马全安。他领头的建筑队隶属于练兵处军政司建造股，所以只要练兵处要在什么地方驻扎，都少不了他带队去建营垒房舍，练兵处的档案里自然把他记录得明明白白。

事件发生之后的三个月里，马全安和他的建筑队慢慢淡出了练兵处的档案记录，这显然是受到了一定的牵连，或者是某种责罚。

近三个月之后，马全安重出江湖，用了三天时间完成了河北一处军营建造。因为建造速度奇快，受到军政司正使的褒奖，赏了些银两，但未提抵消过失。

得了银两的马全安过上什么样的生活不得而知，但因为有了余钱便不工作，恐怕是这个人的习性。因为二十三天之后，他才再次接了新的军营建造工程。这一次的军营规模和上次基本相同，但他却用了十天时间才完成。我不知道到底具体应该怎么计算军营建造速度，不过终究觉得十天未免太长了，恐怕这已经是军方忍受的极限了。所以那次事件后第一次接任务时，马全安将功赎过的急切之心得到了奖励，没了责骂，立即让他放松下来，重归本性。

这已经是光绪三十四年（1908）正月的事了，一般来说没有谁会在正月里干活儿，马全安为了过好新年才在腊月底接活儿。然后还没出了正月，我又看到马全安的工程记录。军营地点在张家口外，河北和山西交界，离北京有段距离，算得上是一份苦差事。按照之前记录所推测的马全安的性格，他不会去接，可是这次他却出人意料地接了，恐怕是出于某种原因。到底为了什么？在没有足够信息依据的情况下，我不可能去胡乱猜测。然而从结果上看，马全安在工程的全程都没有过好情绪，酗酒、斗殴、滋事、伤人，成了这一次正月工程的全部。工程到了第七天，马全安因为酒后滋事，把三个陆军监工打了，其中一人被打成重伤，情节恶劣，他立即被关押审判，最终发配充军，再无后续音信。

马全安可以说是性格决定命运的典型，只从档案记录就已经可以窥见这个人性情暴躁、酗酒无度、易怒易动手。仅仅在上下天光事件后的三个多月时间，他就将自己推向了命运的不归路。

我并不在意这个人最终到底会是怎样的结局，只是在后三个月的记录中发现了我想要的信息，即马全安性情暴躁，又一次对工程当事人大打出手。而这条信息更深一层的含义就是，虽然马全安性情如此暴躁，极易动手打人，但即便他喝到头脑不清醒，一口气打了三个军队中人，也还是没有真的杀过人，只是把人打成重伤，出口恶气而已。

那么回到上下天光事件，马全安和两名学生发生过多次冲突，甚至还出手打过孟指然，反倒可以证明他已经出了恶气。杀人变得没有必要，只要心情不爽，暴打这两个手无缚鸡之力的学生即可，完全没有杀掉他们的必要，特别还是在众目睽睽之下。

之前构想的马全安的杀人动机，不再成立。

马全安之后，容易检索的便是洪广家。

同样隶属于练兵处的洪广家，其形迹自然跑不掉档案的记录，虽然他没有直接参与工程，不可能在工程记录中找到，但是我却在别的资料中找到了他的结局。

在上下天光事件之后半年，也就是光绪三十四年（1908）三月底，川崎造船所赠小型蒸汽轮船获名"永和轮"的前夕，练兵处被私下清洗了一轮。这次清洗被记录在了档案之中，可知这次行动并非秘密进行，只是没有惊动到慈禧老佛爷和光绪皇帝罢了。

清洗的对象是练兵处各科各股下面众多私吞公款、贪污腐败的个人或者团体。清洗名单中，自然少不了算房的洪广家。通过重建上下天光这一个工程就已经看出了这个人的本性，并且他似乎没有什么隐藏罪行的能力和意识，被清洗掉不足为奇。

洪广家是否是清洗背后派系斗争的炮灰，之后又是怎样步入灭亡的，我同样毫不在意，只是在档案记录中看到了令我不知该如何面对的信息。被清洗的每一个人，记录里都有他全部的罪行证据，洪广家亦不例外，密密麻麻足足记了十三条之多，重建上下天光工程在第十二条。

确凿证据证明，这家伙就是一个惯犯。

如果真的像记录那样的话，起初我所认定洪广家的杀人动机也不成立了。对于一个惯犯来说，掩人耳目才是最重要的，毕竟已经累积了那么多不可告人的秘密，宁愿放弃眼前的利益也不能毁了自己，才是一个惯犯正常的逻辑。如果拦不住知道秘密的人，花钱收买会是最行之有效的手段，用钱封口远比用刀子封口更保险。

杀人，即便是为了灭口而杀人，一旦有人死了，也会引人来查，有人调查，就必然与掩人耳目背道而驰，就算选下下策也不会选杀人而绝了自己的后路。

这样看来，继马全安之后，洪广家的嫌疑也被划掉了。

接下来只剩下重建上下天光的主角张永利。但自从看了张阔深的文章之后，我基本已经把张永利排除在杀人凶手嫌疑人名单之外了。把重建上下天光工程视为一切的张永利，怎么可能在比自己命都重要的上下天光里制造无法收场的事件。和洪广家杜绝死人一样，张永利同样绝对不会允许有人死在未完成重建的上下天光里。无论他对两名学生有多看不惯，甚至是愤怒，这种分寸他终究是应该有的，不然他也不可能在陆军部高官来观看电报遥控蒸汽轮表演的时候，还能沉得住气关在西次间绘制墨线底样。

全部有嫌疑的人现在看来全部排除嫌疑。从结果上看，我依旧是毫无进展。

或许，这个案子仅凭现存文献确实是破不了的。现在的我多少有些沮丧，甚至开始自我怀疑，到最后我甚至把处处为两名学生着想的方宗胜的人生也查了一下。仿佛是上下天光的诅咒，和其他两人完全一致，半年后，方宗胜的人生也发生了巨大变动。他离开了练兵处，不仅是离开，连他的官职军令司总监督也随着他的离去而在练兵处消失了。

其实，一切巧合都有其必然之处，没有什么玄而又玄的宿命和诅咒可言。在查阅洪广家的时候，已经看得出来在1908年年初，练兵处有过一次借清理腐败之由攻击敌对派系的行动。即使是高到方宗胜这样的位置，一旦被卷入也同样会在劫难逃。不过，相比洪广家，方宗胜干净得令人惊叹。在他的革职文书上写到的主要原因只是"军令司总监督"这一职位，在最初的总理练兵事务大臣奕劻等奏报给练兵处的《办事简要章程折》中根本没有被提及规划，实属结构冗余之职，应予以撤销。撤销职位，职位上的人自然是骑虎难下。方宗胜不傻，知道己方派系大势已去，从而选择了归隐，再不入政界的一步安全棋。也就是说，在得到革职消息时，方宗胜并未做出任何反抗，默默接受了失败一方的结局。

但这只是他个人的选择，他的同僚并不甘心。同僚发了多份电报到奕劻和袁世凯手中，讲述方宗胜是对陆军如何忠心耿耿，又是对军队操练和建设耗尽了心思，还描述了多件方宗胜是如何铁面无私、疾恶如仇，特别是对公款私用这种下三烂事件，如何不惜余力予以打击的。电报中的方宗胜，已然被描述成了一位眼里揉不得一粒沙子的军营圣人。

其中内容到底有多少是真的，现在我们不得而知，但应该不会偏离太多。虽然在1908年方宗胜的人生跌入谷底，但谁承想没过几年，清朝就亡了，从民国开始，练兵处失败方再度活跃夺回失地，其中愿意追随方宗胜的大有人在，由此不难看出他的人品算得上很好的。而且，我一下想起了在刚刚接触上下天光的命案时，邵靖发给过我一张方宗胜策马扬鞭的照片，军装属于民国北伐战争时期的式样，那时他没有辫子，那意气风发的眼神，足可以看出进入民国后，他获得了重生，甚至变得更加风光。

人生如戏，世事难料，谁能知道跌入谷底后到底还能不能东山再起。

当然，能不能翻盘也有一个先决条件，那就是一定要活着。这样想着，我忽然意识到，应该查查事件发生时翻入后湖中的孟指然还能有怎样的人生。只可惜事与愿违，时间上最后一次见到孟指然这个名字，只有光绪三十三年（1907）九月二十日《营造档》的最后一页记录。从此之后，他便杳无音信。这样看来，孟指然恐怕未能躲过这一劫，还是丢了性命。

毫无收获，已经不会再让我感到沮丧，关于这起命案，几次以为初见曙光，却又回归原点；之后，我再看《营造档》的案发记录，已然没了感觉。它们重新变回冷冰冰的文字，再不带有任何层面上的意义。

冷冰冰的文字……

忽然间，好像什么东西因为这六个字在我脑中一晃而过。

不容放过，我立刻把《营造档》最后一页的记录打开，用全新的方式去重新阅读"十五点钟"四条记录。

我根本不必再像以往那样反复阅读，一旦想通，一切都变得显而易见。在《营造档》最后一页上，灵光乍现的想法果然被应验，原来"十五点钟"的短短四条已经把谁是凶手记录下来了，并写得清清楚楚，只是我被自己对文献的惯性思维所蒙蔽，才会一直对记录凶手的文字视而不见。实际上，就在我说《营造档》是监控录像一样的记录的时候，指尖已经触碰到了真相，可是我走向了另外的方向。

不过，这么久的工作并非白费，想要揭开真相，杀人动机、现场调查锁定凶手、人证物证，三者缺一不可。

半个多月来，四个嫌疑人的杀人动机被我分析得很透彻。

重新审视现场记录令我认定凶手，他的杀人动机确实充分，现在只差现场物证，就可以将他敲定了。

而这个现场物证，同样近在眼前。

从《营造档》的描述中可以确认杨继是被电死的。电死，在现在看来不是什么特殊的死法，稀松平常，但如果放到1907年的北京，则大不相同了。

关于电，首先需要确认的是接到圆明园里的电线，到底传送的是什么电。交流电还是直流电？高压电还是低压电？这些在现如今都是不需要思考就能作答的问题，在一百多年前却成了问题。幸好文献的力量是足够强大的，从记录里不难查出在1907年的北京，尚未供交流电，城市用电皆以直流为主。直流电的优势和劣势全在电压低或者说是无法大幅度提高电压上，低压电耗能却安全。然而所谓的安全也只是相对的，是较于高压电触电一瞬间的生还可能，但如果长时间暴露在电流之下，还是会致人身亡的。由于电流长时间透过皮肤对内脏造成伤害，恐怕致死之时，要比高压电更加痛苦惨烈。这一点从杨继尸体上明显的树状烧痕已看得出来。

低压直流电到底多长时间才能致死，是因人而异的，但四五分钟的煎熬时间，足以把人烧出了烤肉的味道。也就是说，在杨继被电致死的过程中，他至少拥有四五分钟的时间。

四五分钟里还能做些什么？最后一次用电报遥控后湖上的永和轮，让它如《营造档》描述的一样疯狂怪异地行驶，最终翻入湖中。

杨继一定是忍受了巨大的痛苦，才完成了如此长时间的操作，最终放下心死去。这真是令人钦佩的意志力。如果一个人已经清楚地知道自己将要死去，却还要忍受如此巨大的痛苦，完成一系列难以理解的操作，其目的便仅剩下一个，那就是必须在死前告知他人杀死自己的凶手是谁。

留下遗言。这样看来一切看似不正常的现象都可以说得通了。

现在，又绕回到最初的葵井小姐的委托上，那卷铜箔从一开始就已经被认定是用于记录电报信号的操作数据，既然可以记录复杂的操作数据，那么一段遗言自然也可以被录入其中。

现在不必再打开葵井小姐的委托合同上所附带的铜箔照片，我也能记得照片上面的简单信息，三行孔洞，应该正是分别记录的三台发报机信号。六列顶多涵盖两个字的信息，显然这是全部信息的极少片段。

此刻，被我一直忽视甚至想要绕开的正式委托，却成了拼图所缺的最后一角。

为了解开谜团，并且完成该做的工作，是时候主动联系葵井小姐了。

在合同约定之外的时间见面，没想到葵井小姐并没有拒绝。本打算找其他地方约见，但对于这种会谈地点的选择我是一窍不通的，最终还是选择了那间顶层咖啡馆。

这次是我先到，知道葵井小姐有恐高症，所以依旧选择了远离窗边的座位等待。实话说，我不清楚葵井小姐是怎么理解我的主动邀约的，作为乙方本不应该在合同规定之外的时间私下约见甲方，特别是当甲方还是一板一眼的日本人的时候。不过，看到走进来的葵井小姐时，我多少放下些心来。

这是我第一次见穿便装的葵井小姐，去掉了几分刻意的精致，多了些许随意，甚至连她的表情都显得轻松了许多。我开始后悔把这次会面定在这个充满工作气氛的顶层咖啡馆了。

幸好我认定葵井小姐是不对我有任何期待的，在这种心态下，我做什么事情都会放松许多。葵井小姐刚刚坐下，似乎正想问我是否要和之前一样的咖啡，她来点单时，就被我开门见山地提出需要亲自去一趟神户的要求给打断了。

只是突然静默片刻，方才所有的轻松全被她收起，除了一身便装以外，她完全恢复了以往的样子，随后一本正经地说我去神户的事情，她会向上级申请。

日本人做事就是死板，不懂变通。

"差旅费无所谓的，没有必要去申请。我只是来和你说一声，万一几天时间还没查到结果，恐怕会耽误下一次报告，所以提前来请一个假。"

她没有正面回应，只是不置可否地"哦"了一声。

我猜不透她在想什么，或许她正在心里抱怨这件事直接邮件说一下就可以了，完全没必要面谈。然而，如果用邮件来说，想必会在费用上反反复复沟通，不如见面让她明白我不在乎那点儿差旅费报销。

我忽然想起她前两天终于在那个社交平台上更新了一条动态，没有照片也没有太多言语，只是用日语说了一句"好累"。按合同来说，她在北京的工作只是每个星期听我做一次报告，然而她说累，必然是有其他的工作要做。再看现在的葵井小姐，换回那副工作面孔之后，更难掩疲惫。我很想说，不必时时刻刻紧绷着，我抽空可以带她转转北京，比如颐和园、圆明园——可惜早就错过了可以说出口的时机，只能静等她的回答。

"可以，"葵井小姐终于说话了，"但我还是需要向上级申请。"

"为什么？"

"关于你去神户的申请，时间和机票由我来确定，我回去的原因你应该能明白，很多手续只有我亲自去办，才能效率最高。毕竟博物馆也不希望把调查周期拖得太长。"她不容我提出异议，一股脑儿地把结果连同用来说服我的原因都说了出来，不带一丝感情。

事已至此，我只能用"可以"两个字来结束我和她的这次私下会面。

日本我倒是来过不少次，但神户还是第一次。

虽然神户地处关西，在想象中却总觉得和横滨相似，都是明治维新之前第一批开埠的港口城市，后来都成了明治政府军事、工业、贸易的重镇。

从关西国际机场到神户市，坐高速船是葵井小姐推荐的。仅用三十分钟便可抵达神户港，价钱还要比机场新干线便宜不少，出门在外果然还是需要本地人的指点。想到这里，更觉得我是一个太不尽职的北京人了。

住处，葵井小姐早已为我安排好，她特意将我送至酒店，没有过多嘱咐便离开了。离开前我们约定好了第二天一早去神户海洋博物馆的时间和碰面的具体地址。

疲惫地待在酒店房间里，我终于还是打开了电脑，连上网络给邵靖发了一封邮件，告诉他我自作主张地到了神户。

结果，他竟迅速回了邮件，邮件内容只有两个字："好的"，和一个句号。

他对活人的事情，还真是一如既往的冷漠。

十月份的神户多少有一些寒意了，特别是在清晨的海边，淡黄色的太阳，只能给成群的海鸥翅膀镶上一抹金边，起不到任何多余的作用。海风把我吹得瑟瑟发抖，一直等到葵井小姐为我买来博物馆全价门票，我才终于能躲进室内，渐渐暖和起来。

葵井小姐在前面带路，穿过历史船舶展区，直奔"川崎世界"。工作日早晨的博物馆，参观者极少，零零星星的多是些慕名而来的游客，相较之下，忙碌的博物馆工作人员更加显眼。葵井小姐不愧是博物馆系统的精英，每个看见她的工作人员，对她都毕恭毕敬地问了一声早安，即使对我多有好奇，也不敢多嘴询问。

还没到"川崎世界"，就已经看到了"明治·川崎"的特展海报。想起第一次见到葵井小姐，又过了半个多月的时间，这个特展几近尾声，没想到我竟有幸看到。

和其他展区的布展方式不大相同的是，该特展不按历史年代线，而是按川崎造船所在明治时期所涉及的领域分区展出。一进门的位置有总览说明，整个展区分成了最大的造船区域以及铁路、电气、冶炼、军工四个区域。

在我研究特展的总览说明时，葵井小姐已经进去找负责人说了两句话。

可是当她回来时，我还是一眼看出她遇到了困难。是否应该主动询问一下？我掂量着说话的分寸，又错过了率先开口的时机。

"撤展了。"

"撤展？"我无法理解这两个字的意思，显然特展还在进行，何来撤展。

"没错，"葵井小姐无视疑问的真正意思，"有一部分展品是私人供展，他们有权随时撤展。"

"所以现在那卷铜箔已经不在这里了？"

"是的。"

"看不到原物，只有那张照片了？"

"是的。"

"可是你们的委托合同是调查那卷铜箔的，忽然撤展说不过去吧？"我只是在做最后的挣扎。

"可以终止合同，我们会给您约定的违约金。"葵井小姐表情严肃。

我不禁咋舌，考虑过很多变数，还是没想到自认为的最后一步竟是在这里变得曲折。然而，我也不想轻易退让，就像从一开始希望调查铜箔的人不是神户海洋博物馆，而是我这个被委托去调查的人。

气氛一下变得很尴尬。

"算了，你等一下。"葵井小姐公事公办的表情忽然消失，一时间让我以为又回到两天前那个身穿便装赴约的她了，只是和"轻松"二字完全无缘。

随后，她又回到展区，和一位工作人员说了几句话，那人就进了旁边的办公室。等了一分钟左右，一位头发花白、穿着西服、不苟言笑的男人出来了，他皱着眉头和葵井小姐交谈起来。交谈过程中，花白头发男人还会偶尔向我这边看上一眼，显然，葵井小姐是在讲她经手的这份调查合同。

看来，他们一时半会儿结束不了，我又不想一直傻站在原地被陌生人随便斜眼观察，干脆趁这个空当，把难得的特展浏览一番。

谁知，仅是出于躲避尴尬的行为，我竟有了小小的发现。

明治三十九年（1906）开始，川崎造船所开始涉足铁路机车领域。机车以蒸汽机火车为主，但也包括城市轨道交通中的新宠有轨电车，从而派生出了众多电气子公司，为川崎造船所的有轨电车业务提供足够的技术和原配件支持。展区的电气历史部分，有一张相当庞大的树状谱系图，清晰地把一年内川崎造船所派生出来的所有电气公司全部列了出来，还有子公司的子公司。

我就是在这错综复杂的谱系中，找到了小小的极不起眼的一列，上面写着"大友电气"。

就在我认真分辨这些细小的日文时，忽然有人戳了我后背一下，随即递给我一张字条，宛如间谍交换情报。既然如此，我也把间谍角色扮演得更逼真一些，没有回头，默默把背着的手伸到眼前，借着电气公司谱系图的展示灯光浏览字条上的内容。

是一条地址，在北海道函馆市……

"你自己去。"显然，葵井小姐根本没打算扮演什么角色，一如平常地与我说着流利的中文。

我当然知道她交给我的这个地址是什么意思，她终于说服上层领导告知了供展人的地址。函馆,竟然这么遥远的地方。

"我会提前联系对方，对方同不同意让你看展品，我不好强求。"

"懂的。"

北海道、函馆……我无心去考虑那么多人际事务，只是反复揣摩着这个地址的意义。

此时，我已经穿过青函海底隧道，抵达了北海道函馆。

越是接近尾声，越是要迎来一次漫长的旅途，看来世间万物皆不过如此。

我抵达 JR 函馆站时已经是晚上八点钟，狭长的市区街道左右两侧都是大海，这大概是函馆才有的景致。著名的函馆海鲜早市当然是大门紧闭，如沉睡过去一般。即使有新干线，从神户一路周转到东京，再从东京到函馆，也是要耗费一整天的时间。

到达目的地的那一刻，我只想拖着疲惫的身体，迅速进旅馆大睡一觉。然而，真的到了旅馆，我却还是忍不住打开电脑，把想了一路的事情全部查了一下。

大友电气，成立于明治三十七年（1904），创建者不是《营造档》中记录过的那位大友健助，而是一位名叫大友幸耶的女性。即使是在 20 世纪初第一次女权运动时期，一位女性建立一座电气工厂，也依然是相当了不起的壮举。

有了姓名后，想要摸清她的底细就不会太难。能在 20 世纪初出人头地的女性，找起来就更容易了——1896 年去美国留学，深造了整整四年时间，1900 年回到日本；回国之后并没有什么大展宏图的动作，而是把弟弟也送去美国留学。她的弟弟正是后来与永和轮息息相关的大友健助。大友健助同样留学四年归国，归国后姐弟俩立即创建大友电气，在电力即将成为世界的主宰之前，他们抓住了时代的脉搏。

可惜的是，仅凭知识和大脑，没有雄厚的资金支持，几乎是不可能成功的。这是在资本时代开始以后永不会变的规律。虽然大友电气在姐弟两人的共同努力下，申请到不下二十个电器方面的专利，甚至他们还大力地推广交流电的应用，但只是艰难维持了两年，最终还是向资本屈服，成了川崎造船所的子公司，用自己的专长为他们卖命地制造有轨电车的电机线圈。在此期间，弟弟大友健助便被派遣到了中国。

文献永远只是冷冰冰的文字，并不会记载大友电气到底经历过什么，我也不愿意去过度想象，只看结果便可。而结果本身，同样让人感到惋惜——即便是成为大财团的子公司，也仅仅只坚持了两年时间，明治四十一年（1906）初，大友电气因经营不善，被川崎造船所除名。

直至大友电气倒闭，弟弟大友健助都没有再回过日本，而姐姐大友幸耶也在此后离开了神户。

大概这就是结局了，我不禁再次唏嘘。这份唏嘘倒不全是为了这对姐弟的命运，而是为整个时代。原来无论怎么翻阅文献，在时代的进程中随处可见的都是没有差别的人才浪费。

人类文明史只是一部浪费史而已。

我没有时间和精力去为这种历史常态惋惜，查明白了自己想知道的信息后，立刻合上了电脑，倒头便睡。

"北京见，希望到时候你能给我一个满意的最终报告。"在从神户离开前，获知铜箔供展人同意我去拜访的请求后，葵井小姐一脸严肃地用这句话与我告别。

她还要回北京？

管不了那么多，我已经抵达本次漫长旅途的最后一站。门上写着此家主人的姓氏——葛西。

葛西是北海道地区的大姓，仅从名字看不出什么特别。宅院是用铁艺围栏围起的一块花园和后面一栋西洋式楼房。因为已是深秋，寒冷的北海道气温接近十摄氏度，花园里只有松柏尚是绿色，其余全部枯萎。从围栏外看，葛西家的洋楼有两层坡顶，一层是落地窗，大门左右各两扇，二层一共有六扇窗朝向庭院，可以看出房间众多，相当气派，是有一定社会地位的家族。

我一边这样想着，一边按响了葛西家的门铃。

因为铁艺围栏挡不住视线，门铃响了之后，很快就能在院子外面看到洋楼的大门打开，一位头发花白、穿着考究西装的男人走了出来。

管家极为礼貌地打开铁艺大门，与我核实了预约信息后，将我请进了宅院。

洋楼的会客厅就在进大门的左手边房间。会客厅里并无出奇之处，实木桌椅、真皮沙发、落地窗、书柜、陈列架、软绵绵的地毯、有一定威严的野兽头骨挂件。管家请我稍等片刻，他去请宅子的主人过来，然后毕恭毕敬地离开了。

房间里暂时没人，给了我观察的机会。

会客厅里的摆设不多，只能从陈列架和书柜上寻找。陈列架上除去摆了每一个望族都会有的各式业余体育比赛的奖杯之外，便是相纸都泛黄了的照片。照片多数是双人的合影，合影中我认不出任何人，当然更不可能有图示，只能猜测是葛西家族历代与社会名流的交情展示。又因为年代久远，仅凭背景建筑有洋楼、有大厦、有工厂厂房、有轨道交通的铁轨和电线，很难判断出合影的地点。再看那书柜，更让我有些吃惊。一般来说，大户人家会客厅里的书，都是摆出来做个样子而已，耳熟能详的哲学家的大部头著作是首选，这样既能以量取胜填满书柜而不必丢脸，又能在人前表现出有学问的虚荣假象。而在这里，书柜的藏书，杂乱无章，让我根本摸不着头脑，似乎就是主人日常会看的一部分书。再看那桌子上高高摞起的，则是一部部厚实的法律书籍，甚至不只有当代的法律，竟还有几本大正时期的法律文献以及当代讲解。

"先生很喜欢看书。"会客厅的门再度打开，被称为葛西家长的人，用日语说道。

我有些狼狈，连忙转身笑脸相迎。葛西家长，原来是一位看上去年过七旬的老妇人。

葛西家长没有让气氛变得更尴尬，她请我坐下，然后直奔主题。

因为是由葵井小姐提前帮忙预约的，所以她知道我此行的目的，便开门见山地先从那卷铜箔是如何到了葛西家族手中的说起。

葛西家长恐怕是顾虑到我会听不太懂，讲述时尽量用了最简单的日语，语速很慢，相当体贴。而讲述的内容，确实帮我把最后一块缺失的碎片填补完成了。

1940 年打捞永和轮发现铜箔的并非葛西家的人，而是一名驻在北平的打捞工。因为铜箔夹在锅炉和炉壳之间的缝隙里，显然不是随便能发现的位置，从而可以推断出，这名打捞工是打算拆卸锅炉外壁，拿去卖铁赚外快的。这个推断从战后他侥幸回到日本，打算把铜箔当作金箔卖掉的一系列行为可看出，他是一个渴望淘金赚钱的家伙。不过，幸好是这样的家伙，让葛西家族看到了铜箔，并主动收购了它。

"是高价收购的吗？"我追问了一个问题。

葛西家长给了我一个肯定的答复，那是她母亲做出的决定。像是用精准计时器掐准了时间一样，那位管家敲了三下门，在葛西家长允许下，推门进来了。敲门的声音和节奏堪称专业。

此时，管家手里拿着一本文件夹，先交给了家长过目，家长翻开看了看，点头后，又交给了我。

我翻开文件夹的同时，葛西家长像解释情况一样地说："实在抱歉，只能给先生这份急忙拍下的照片资料，原物我们已经收藏回去了。"

急忙拍下？这样的说辞就像刚才管家现去拍照洗出来放进文件夹里一样。

文件夹中有十四张照片，分为 A、B 两组，各五张，拍了铜箔完全展开后正反两面的样子，其余四张则是卷起的铜箔上下前后四面的照片。铜箔的外观已无所谓，我仔细对照了一下 A、B 两组照片，刚好都能衔接得上，便知道我此次函馆之行，或者说日本之行已经结束了。

合上文件夹，葛西家长微笑着又和我寒暄了几句，我便相当识趣地主动提出要离开。葛西家长自然不会挽留，她巴不得我赶紧走，以免出现硬要看铜箔原物的尴尬场面。就算她是一位精于世故的老婆婆，我还是能一眼看透她的这一点心思。

回程的路同样艰辛，函馆没有直达北京的飞机。我有两个选择：要么坐新干线去札幌的新千岁机场，搭乘直达飞机回北京；要么直接坐飞机到东京，再从东京回北京。想到北海道通新干线还没多久，再加上越往北去天气越恶劣，让人放心不下，我还是选择了更稳妥的东京转机方案。

而真正回到北京，到了家，我却又失去了真实感，如同根本没有离开过家一样，尽管行李中多了那份文件夹，时刻提醒着我劳累的原因。

我把行李丢到一边，已然是迫不及待地想研读一下文件夹里的照片了。

杨继、孟指然所设计的遥控装置结构基本已经确定，三根操纵杆分别控制前后、左右和给汽，那么只要有一个孔，就说明在操作台上按动过一下电报。虽然并不清楚孔洞和操作种类的对应关系，但三对三的排列组合毕竟不多，而且最后的结局是已知的，那就是永和轮在撞向后湖西岸前沉没了。

我不善于用电脑模拟，只好用最笨的方式，在纸上逐帧还原永和轮翻入湖底的轨迹。

说来有趣，当我第一次见到这卷铜箔的展品照片时，竟一时间真的以为它不外乎是一个八音盒之类的东西。然而，逻辑告诉我那是不可能的，一艘小型蒸汽轮不可能会浪费宝贵的空间给毫无用处的设备。然而，在没有推断出学生们造出一套电报遥控系统的目的之前，我根本无法想象出它的真正作用。

说它是行船记录仪，是有意义且合乎一切逻辑以及有文献记载表明的推断。在一百多年前、条件有限的情况下，这是最聪明的做法，就仅此一点，我便会为其称赞。而此时的我，接下来需要做的并非只有赞叹，而是要把杂乱的拼图拼好还以原貌，从而破解其中更深层的信息。

这样的工作，虽繁重却又让我情绪亢奋，毕竟距离真相仅有一步之遥。

破解这部百年前的行船记录仪，耗费的精力和时间比想象的要多。尽管急转右行的结尾让筛选的组合大幅度减少，但只是这样一个动作的分析，我还是消耗掉了十几张草稿纸，对照着照片上的孔洞组合，画了杂乱无章的上百条线。

我把草稿纸整理好叠到一边，将确定的对应组合重新确认。第一行给汽，第二行前后，第三行左右，最后五列在我的纸上完美复现了永和轮最后的华丽急转并沉没的过程。

确认了对应关系，另一项繁重的工作接踵而来——从第一个孔洞开始，完整还原当时永和轮在被邀请而来的陆军部尚书面前表演失败的全过程。

给汽启动，前行，突然左转，左转后立即再给汽加速；再飞驰出两列的距离，猛然右转，继续前行。永和轮此时在前行的过程中，于湖面上画出了锯齿形状，已经尽显不正常。锯齿路径仅保持了不到十秒钟，又恢复了前进给汽的状态。这大概是永和轮最为平静的过程，汽没有再给。按照永和轮的蒸汽机功率和给汽时长计算，这刚好是它在水面阻力的作用下停下来的时候。忽然，它又有了动作，应该是后退。后退的功率自然没有前进高，但从持续的时间可以看出，这次倒退的操作让轮船又回到了最开始表演的起点。回到起始点并不意味着结束，是在倒船的状态下，永和轮再次做出左转接右转的难度动作。宛如体操比赛中的规定动作一样，在永和轮表演完九成内容的时候，出现了《营造档》所记录下来的最后时刻——给汽，前冲，急行右转，铜箔孔洞就此完结。

从起始到结束，没有不连贯和异样的动作，这一切都已说明我所做的组合推断没有错。

这个铜箔承载着在上下天光上层的杨继受到生命威胁时留下的遗言。遗言必然直指谁是凶手，这个凶手我已经推断出来了，只差物证将其定罪。

我不厌其烦地重新阅读着铜箔上的孔洞，猜想着破解密码的钥匙。

遥控装置用的是三台莫尔斯发报机，发出去的信号自然就是莫尔斯电码。把孔洞和间隔空隙翻译成莫尔斯电码并不困难。三行信息很快就被我用点点画画的形式复原到纸上，之后就是将莫尔斯电码转成文字了。

我稍微停顿了片刻，这里还有一个微小的困难需要厘清。在清末几十年里，电报技术引进后出现过种类繁多的电码本，如果找不对电码本，转码出来的必然就是一份天书。但值得庆幸的是，案件发生在1907年的北京，此时电报国有化基本完成，电码本在1906年已被强制统一化，而此时刚好是电码本统一化的第二年，所以电码本繁多的困难不再存在。然而，我还是想到了另一个问题，杨继和孟指然在1906年之前就去了日本留学，刚刚回国不到半年时间，他们真的能熟练掌握新的电码本吗？因为此疑问的出现，我决定再添一个日本明治三十年之后的电码本作为备选。

两份电码本都不难找，下载到影印的电子文档后，我开始翻阅解码。

对照中文电码本，在没有解码出十个字的时候我就已经放弃了，因为从翻译出的内容来看可以说完全是无意义的文字乱码。

无须继续下去，我直接转战日文电码本。

然而，出乎意料的是，日文解码后竟也出现文字乱码。

大概是我的日文水平太差，所以拼写上有什么出入？我这样判断着，重新认真地解了一次码——或多或少是查出一两处模棱两可的错误，但也无济于事，出来的文字依然是乱码。

是我把问题预设得太简单？我立即又找来了多份中日两种语言的、在当时算是流行的非官方电码本，但结果依旧。所以，是我一开始就判断错了？这卷铜箔根本就没有遗言？重新审视之前的推理，如果没有遗言，那么杨继根本不需要忍受那么长时间电击的痛苦，让永和轮在后湖里那么怪异地前后左右飞驰一通才沉没。

所以，问题出在哪里？难道是在解码的方法上？

莫尔斯电码、永和轮、遗言……杨继需要用这种艰难的方式传递信息给在船上的孟指然。杨继一定认为孟指然同样未必能活，因此他要传递给孟指然的不仅是凶手为谁的信息，更是要让他清楚地明白无论他将要发生什么意外，都一定要把记录下凶手信息的铜箔藏好，以待有人发现异常——只有异常才可能让身处永和轮、在众目睽睽之下的孟指然警觉并理解自己的意图。

忽然，我意识到自己反反复复阅读《营造档》还是漏掉了一整块重要线索的描述。既然是忽视掉的内容，别无他法，只能第二天再去清华大学把它抄录下来。只要是关于《营造档》的记录，我就不可能立刻去检索，只能等待。如果在以前，我恐怕已经等得心里发毛了，而此时，我发现自己的性子竟被磨得缓和了不少。

平和的我，现在只想好好休息，把奔波的疲惫用睡眠补回来。但我在睡觉之前，仍旧忍不住又看了一眼葵井小姐的社交平台动态。果不其然，她回到日本，立刻又发了动态。

新动态有两条，第一条看起来十分开心，说终于又吃到了想念半个月的正宗神户章鱼烧。动态里还有一张自拍照，照片里的葵井小姐，侧着脸露出甜美的酒窝，用眼神让所有看到照片的人都能注意到她身旁的小吃摊。这一天，正好是我抵达函馆的那个晚上。

第二条动态则是简单明了，只是一句"再次去北京"，发送地点是关西国际机场。

我看着她的第二条动态，倒是忍不住说出了声"欢迎回来"。久违了的清华大学建筑学院资料室还是老样子，在阳光明媚的秋日上午，三三两两的中年教师在落地窗边的长桌前聊着天。实际上根本不必担心，但我还是看了看墙角的方向，四台陈旧的电脑依旧在那里，我也就放心了。

只有那位学生管理员表现出了惊讶。听到有人进来，她从玻璃墙里扭头来看，看到是我后竟然吃惊地睁大了眼睛。大概她认定一个多星期没有来的我，也许已经放弃了查阅《营造档》的执念，变得和那些声称是搞科研却只是为了消磨时间的人没什么两样。

惊讶很快过去，学生管理员恢复常态，起身出来迎接。如同去到一家熟悉的小餐馆一样，只要说一声"和平时一样"，店老板就能给我上最熟悉且可口的饭菜。

拿过《营造档》光盘，周围的世界立刻又回到了一百多年前的圆明园的案发现场。

这一次我没有直奔案发当天，而是有计划地往前翻阅。我要找的是从光绪三十三年六月十五日学生们完成电报遥控设备开始，《营造档》中关于在遥控下运行的永和轮的记录。

因为有确凿的时间节点，检索起来不费什么力气。只是正如我所预料，站在楼外的两名档案太监在记录电报遥控永和轮试验上极不专业，草草几笔带过。所幸这不算问题，略过前期调试和频繁失败的阶段，即便一笔带过的记录也可以当作拼图的一块。在几乎每天都要反复做数次试验的情况下，直至案发当天累计下来的样本也有相当数量，且重复性极高，于是我很容易就将试验设定的固定动作归纳总结出来。

给汽，前进十列左右时间，左转，前进，右转……

同样有后退，同样后退之后再前进。

拿出铜箔所记录的永和轮从行船到沉没的全过程，再与案发前的试验固定动作对照，果然都能一条一条对上。

真是相当舒畅的感觉。两份行船记录叠放在一起，就像光谱图将被吸收光谱删掉之后，出现了光线最终的样子；删掉固定动作后，所留下的，便正是杨继的遗言了。

历经艰辛，永和轮终于不再沉默。

大小眼……

这一次再用日本的电码本来解码，立刻就有了这三个字：大小眼。

不再是文字乱码，而且还是样貌特征，绝对的遗言。

根本不用再去推理别的，只要知道谁是大小眼就可以直接确认凶手。而刚好邵靖从一开始就为我找出了这四个人的照片。

心满意足的我离开资料室后，根本等不及回家，就重新打开半个多月前邵靖发给我的那封关于练兵处总监督一职来龙去脉的邮件，再次下载了邮件里的两张照片文件。

在第一次看的时候，我就已经判断出三人合影中身材最为魁梧粗壮的那个人是马全安了；在更加了解他们之后，我重新审视当时的判断，便更加确信了。而另外两位不必多想，眼神坚定的是一直心怀抱负样式的张永利，游移不定甚至有些精明过度的是眼中只有金钱的算房洪广家。三个人面对镜头表情各不相同，但一致的是，他们都不是大小眼。随即，我面带微笑地打开了方宗胜的个人照片。他那副处于人生新巅峰的样子，早就刻在了我的记忆中，只是眼睛的大小嘛，我一直没有太过留意。

照片终于打开，答案揭晓，方宗胜他——

也不是大小眼？！

我差点"嘿"的一声喊出来。怎么会这样？怎么每一次当我认为已经触及最终结局时，现实都会立即将我抽醒？明明已经可以结束了，怎么又对不上了？刚才还为一切终于全都精准衔接而心情舒畅的我，现在就发现这一切竟只是我的一厢情愿。已经感受不出是对自己失望还是对解谜的绝望，我像没了灵魂一样晃回了家。

我直接坐到床上，仍旧醒不过神儿来——到底是什么地方出现了差错，一卷本以为可以更加确凿地指出凶手的遗言，结果却直接推翻了我自信满满的结论，这种打击确实沉重。

无论是我的推理出了问题，还是破解铜箔信息的方法没摸到正解，都是对我长期以来的工作的一种嘲讽。这比起邵靖的冷嘲热讽和阴阳怪气更让人难受。

这个时候的我，脑子不可能再去解谜了，只有空白。我想知道葵井小姐是否履行神户临别的承诺，那句"回北京见"此时萦绕在我耳边。

我还配去见她？

脑子里虽是这么想的，但我的手却忍不住直接点开了葵井小姐的社交平台，期待看到她新的动态。

这一次的判断也没有落空，果然和我预料一样，关西国际机场的那一条动态之后，她又不再更新了。

没有新动态，我只好靠着她旧有的动态让自己从沮丧中放松。葵井小姐为数不多的照片，便成了有些许功效的良药，特别是这次回神户，临走前她的自拍里，甜美的酒窝更是少了刻意，多了一些我几乎没见过的真诚。原来，酒窝也是一种摘下面具后的痕迹，酒窝……

我忽然觉得哪里好像又重新连了回去，刚才还全神贯注地看酒窝，此时忽然又有了新的思路。

哪里？

到底是哪里？

我简直就像一个匿名爱慕者，此时死死地盯着屏幕里葵井小姐的笑容。

忽然间，一切都顿悟了，是角度！角度的问题。

我的判断没有错，推理依旧成立。

原来，我最终要感谢的，是酒窝。

"确认凶手的证据是？"

"就在《营造档》里。而且就是在光绪三十三年九月二十日下午十五点那最后的四条档案记录中，把凶手相当明确地写在了纸上。"

这一步的推理是我最得意之处，邵靖却只是面带微笑地等待我继续讲解。幸好我们聚在老地方——邵靖他们历史档案馆的休息区，这种熟悉的地方多少让我感到一些轻松。

"先回到四条记录上来，四个档案太监的位置是可以确定的。一号在楼外东南角，二号在下层东侧楼梯边，三号在西次间，四号在楼外西南角，"说是看《营造档》记录，但我拿出来的是根据张阔深伪造的烫样和档案记录结合推想出来的上下天光下层建筑平面图，"之前我也说过，这份档案记录并不能当作实况录像看待，也就是说，记录中四个嫌疑人所具有的不在场证明都不成立。这是线性记录所带给我们破解谜题的阻碍、迷魂阵。但从记录中当然可以确定的是四个人曾经所在的位置，并且因为是线性的记录，又证明了他们是以基本静止、没有动过位置的状态来对应时间的流逝。这样的说法，你是否认可？"

邵靖点头，并未多说。

"那么我就继续说了。正因为从《营造档》的记录中得出这样的分析结果，那么'十五点'的四条记录，就等于明确写出了凶手为谁。因为这个人被明确地记录了他离开了曾经在的位置。去了什么地方？只可能上到二层，杀害了归国留学生杨继。为什么离开原位，就确认他是凶手？因为对于四个档案太监来说，他们的视野几乎没有死角，死角只有二层。只要消失在原位的人，必然就是上到了二层，才可能脱离四个档案太监的视线，不因突发事件打断而被紧急记录下来。到了这里你会反问我，四个人都有离开原位的可能性，这也是最开始说到《营造档》是线性记录而得出的结果推论。怎么确认谁必然离开了原位？其实一点也不难，因为那个人所站的地方已经有了其他的东西，他绝不可能再站在那里。而且这种离开必然是在突发事件发生之前，也就给出了充分的他上楼杀人的时间差证据。"

接下来就到了指出凶手的时刻了，趁邵靖听得津津有味，我把手指点在了平面图上，说："我一直以来太过依赖平面图，忽略了摆在眼前的证据，甚至上一次在圆明园实地考察时，我都只能想到档案记录，而没能立体地去还原现场。就在这里，占据了凶手的位置，被《营造档》清清楚楚地记录下来的东西，就在这里。"我又用力地指了指平面图："那个东西正是围栏。因为急速右转沉没的永和轮所连接到上层的电缆扯断的围栏。"

此时，邵靖长长地"哦"了一声，像是恍然大悟，又像是和我一拍即合。

"所以凶手正是方宗胜。"我抢在邵靖再次发声之前，说出了凶手的名字——凶手必须由侦探指出。

"合乎逻辑，"邵靖对我的推理是认可了，"这样说来确实通了。如果扯断飞出的围栏砸到或者差一点儿砸到站在楼前月台观看遥控永和轮试验的方宗胜，档案太监必然会记上一笔，毕竟小太监们都是见人下菜碟的高手，就连方宗胜来上下天光喝茶小憩，他们都会记上一笔。"

没错，我用力点头，没想到邵靖把我给他看过的所有细节记录都记得一清二楚。

"但是，没有看到白纸黑字写着'方宗胜杀人'，这些都只能算是猜想而已，根基不稳。"

"所以接下来要说说方宗胜的杀人动机了。他的杀人动机很明显。"

邵靖对我做出一个"请"的手势，实际上这只是他为难我而自得其乐的表现："他可是把藤枝新次郎这名间谍杀手调到遥远的福州，以免两名归国学生惨遭杀身的恩人。"

"然而正是这个举动，把他的杀人动机暴露无遗。"是时间让我对方宗胜的行为产生了警觉。

认为方宗胜调走藤枝新次郎到福州船政学堂是为了保护两名归国学生，这实际上是像我这种从上下天光命案入手这段历史的后人，先入为主地误解了历史。

假若把两件事分开来看，所看到的结果就截然不同。对于洋务派官僚和北洋海军最中坚的阵地之一的福州船政学堂来说，光绪三十三年这一年本身就不寻常，或者说是相当艰难。同治五年（1866）建成的福州船政学堂，坚持了四十二年，终于在北洋海军全面失势的光绪三十三年停办了。在将自己所关注的案件剥离开后，我注意到了停办的原因与方宗胜调走藤枝新次郎的举动有关联。

福州船政学堂，在经历了甲午战争的挫败后已经一蹶不振了；到了日俄战争之后，在朝廷中孤立无援的局面更甚，其直接表现就是财政短缺。所谓的财政短缺最艰难之处，正在于学堂聘请了大量外籍教师教授海军、机械、造船知识，这些外籍教师不能辞退，辞退会得罪那些洋教师背后的列强诸国，得罪谁也不能得罪了洋大人，包括北洋海军在内都只能咬着牙往前走。所以，就在举步维艰的时候，方宗胜通过庆亲王奕劻施压硬塞过去的藤枝新次郎，可谓起到了压倒骆驼最后一根稻草的作用。不堪重负的福州船政学堂只好宣布停办，此后，北洋海军在朝政上的权力尽失，再无翻身本钱。

"一直没有看到这一层，还是我的历史视野不够开阔造成的。"

"确实。"

喂！我做了那么多精彩的推论，为什么偏偏只认可了我自谦的说辞。我心里甚是不爽。但话又说回来了，方宗胜的这步棋着实精妙，虽然杀气腾腾却行之有效。他利用了庆亲王奕劻的权重，以强国强军绝对正义的表象给海军一记重击。奕劻同样乐于给北洋海军的覆灭推上一把，毕竟他掌管着练兵处这个崭新的军事机构。袁世凯进行军制改革，一方面是成立练兵处，另一方面就是将海军归到陆军部旗下，不再有独立编制。可以说，练兵处一脉，全都盼着海军最终失势，成为他们的傀儡。

虽然调走藤枝新次郎和杨继、孟指然的安危没有直接关系，但方宗胜的意图显然是一以贯之了。

方宗胜是在下一盘大棋。从上下天光重建工程开始，全在他的计划之中。把上下天光重建工程视为生命唯一意义的可怜的张永利同样只不过是一枚棋子而已，整盘棋仅有一个目的，即不能让海军有任何喘息翻身的机会。我虽然没有直接的文献证据来证明方宗胜知道杨继和孟指然会回国来搞那个电报遥控系统的试验，但吻合的时间线让猜想变得合乎逻辑。藤枝新次郎清理掉川崎造船所两名动力组学生并迫使其余八名学生退学，是在光绪三十三年年初，确定上下天光重建工程亦是此时。方宗胜知道那些被扫地出门的学生即将回国，因为他们是川崎造船所的学徒，回国之后必然归入海军。既然无法阻止他们为海军重添新鲜血液，那就不如先挖好坑，诱导他们跳进去自寻死路。机会就在赠送的永和轮身上。

大概方宗胜并没有十分具体的构想，但他相信只要自己给那些呆头呆脑的学生提供足够的条件，他们就一定会不顾一切去实现自己的理想，大家都知道这些技术型留学生的理想是什么，恐怕这也是那个时代的人对技术型留学生的一种本能的信任。

"我看方宗胜没有你说得那么狡猾。"邵靖微微点着头，却在否定我的看法。

"确实很难从片面的文献中看到历史人物性格的全貌。"

"不是，我的意思是：他恐怕并不是像你所说一心为了搞垮海军而步步为营；他恐怕是真心为了他那个强国强军的理想而在排除异己和所有阻碍理想的人、事、机构、部队。你别忘了，他的公文中一直在声讨经费滥用的事，是无差别声讨。在他眼里，恐怕所有的经费浪费都是罪不可赦的。"

我沉吟片刻，想到了反驳的角度，说："那么方宗胜主动申请上下天光重建工程，工程耗资巨大，这个怎么解释？"

"是一种取舍。如果电报遥控系统成功，你觉得会怎样？"

"海军崛起？"

"怎么可能，只是一个新技术怎么可能让已经形同枯槁的北洋海军获得重生？"

"那会怎样？"

"只会让海军嗅到重获新生的希望，然后疯狂地不择手段地去伸手乱抓。一旦电报遥控系统成功，这套系统肯定会被海军强行推广，甚至大批量生产运用到战舰上去。我早就说过了吧，遥控系统根本不是这样做的，他们的设计思路本身就有问题。如果批量生产，运用到战舰作战上，最终会是什么局面？靠这种系统去打接下来的海战？把海战当儿戏本来就是晚清海军的死结，这样一来，简直就是儿戏中的儿戏。

只要开战，绝对会比甲午还要惨烈，更加屈辱。孰重孰轻，一目了然。"

邵靖所说确实没错，并且在他的提醒下，我意识到在1907 年，一台忽斯登收报机的价格已然相当昂贵，根据《营造档》中的记载就可以知道：一套电报遥控系统就需要三台收报机。这样算来，内务府只拨款三千三百两重建经费，批量生产电报遥控系统可以说是真正的耗资巨大。

"方宗胜只要让学生的试验在高官面前失败即可。这种失败把学生们异想天开的危险性展现出来，才能彻底让他们的试验被叫停。杀不杀杨继，方宗胜根本不在乎，他在乎的只是这场儿戏能不能及时止损，你说对不对？"

我不得不认可地点头。

"所以，"邵靖脸上忽然出现了让我警觉的笑容，"'大小眼'这个问题你怎么解释？我记得最开始我就给你找到了方宗胜的一张照片，英姿飒爽，可没有什么大小眼。所以，方宗胜真的是凶手吗？你再好好考虑一下。"

在刚到他们休息区的时候，我就把杨继的遗言告诉了邵靖。可是这算什么啊！这家伙忽然说出那么多言之凿凿的推理，甚至把持不相同观点的我都说服了，可归根结底，邵靖是从根本上怀疑我的推理。

　　幸好这个谜题，我在昨晚已经解开。

　　"是视觉差，"我早就猜到邵靖会问这个问题，准备好了那张照片，放到他面前，"一张斜侧脸的照片，这种角度策马扬鞭可以表现出一副英姿飒爽的样子。不过，显然摄影师还有另外的考虑，就是既能拍到方宗胜的脸，又能掩饰他的生理缺陷。恐怕因为大小眼太过明显，实在难为摄影师了。"

　　在我解释的过程中，邵靖把平板电脑拿过去，放大看了看，就像根本没有听到我的说明一样，自顾自嘀咕着："近大远小啊。"

　　"这么说来，杨继这个小伙子真有一手，"邵靖一本正经地十分认可地夸赞了一位百年前惨死的年轻人，"在被低压电流折磨这么久的情况下，他却能一直保持头脑清醒，把完整的遗言掺杂到遥控操作中去。大概在永和轮扯断围栏沉没湖底时，他心里想的是终于能痛快死去了吧。"

　　"孟指然也不差的，"我似乎是在为另外一位打抱不平，"明明是十分重要的展示成果的机会，在正常的起步之后突然发现远在上下天光上面的同学杨继传来了危险信号，在永和轮疯狂乱窜随时可能会沉没的情况下，他一直在脑中转码杨继传来的信号，直到最后一个字符完毕，他才拼死把铜箔从收报机上卸下来，徒手藏到凶手绝对找不到的缝隙里，好让同学的遗言可以传达给事后关注这个事件的人那里，从而揭露凶手。在整个过程中他根本没想过弃船逃跑，如果早早跳水，恐怕不会……"

"对了，所谓失踪，孟指然后来如何？"

"杳无音信了，根本查不到任何蛛丝马迹。当场有那么多人，如果获救至少会有些许线索。"

"他们两个都是书生硬汉了，"我很少见邵靖能对什么人有正面的认可，这句话算得上评价相当之高了，"不过，你不觉得奇怪吗？"

果然，邵靖最了解我。

"为什么只杀一个人，按常理来说，如果孟指然不是为了保护和隐藏遗言，他本可以逃生。"

"为了正义吧。"这个问题我刚刚就重新思考过，并有了自己的答案。

"哦？"邵靖没有打算反驳。

"是方宗胜心中的正义吧，就像你刚才说的，他只是一心为了强国强军，那就是他心中的正义。一切与此相悖的必须全部清除。从另一个角度来看，无论什么，只要与强国强军无关，他都根本不会在意。上到二楼，他只想要的是永和轮因为电报遥控系统的失控，以及操控者被毫无安全可言的操作台电死，这样一个可以让学生的试验彻底覆没的结果。到底船上的人是死是活，他不会在乎。我想，很有可能他还会和杨继说，只要你按我说的办，船上的那小子我就放他一马，让他活。可惜，杨继是认真的，孟指然同样是认真的。最终也就酿成了最悲剧的结局。"

"嗯，"邵靖点点头，但他并没有完全认可我的说法，"这只不过是一个推测而已。"

"是的。"我依旧无意反驳。

"不过，凶手确实是他，没错了。"

"是的。"

"那么谜题全部解开了？"

"是的。"

"然后，"邵靖忽然抿嘴一笑，凶手找出来了是没错，"那你……"

我觉察出些许不对劲，邵靖这小子又想说什么？

"你打算就用这个去和葵井小姐结案？"他还在笑，笑得让我心烦，"'凶手是方宗胜'这个结果似乎不太符合你的合同要求吧？"他果然说到了问题的根本。

我叹了口气，说："合同要我调查铜箔，但合同没有要我破案，指出铜箔上留存下来的信息，也不算是违约吧。"

"但愿她真的想要真相，"邵靖抬了抬头，面无表情，就像是他已经洞察了一切一样，"最好把事情讲得更清楚一点儿。"

"这方面不用你操心。"

忽然，我回想起铜箔调查伊始，第一次给葵井小姐报告之前，我也是先来找邵靖讲了当时的调查结果，我怕的是自己的调查有什么漏洞或根本性错误，到葵井小姐面前丢人。而现在，历史似乎重演了，只是我这次来找邵靖，为的是先给他一个结果，接下来的葵井小姐，我需要独自面对。

我把东西收拾整齐，起身准备离开，又停了下来，对着仍坐在沙发上的邵靖说："这一次，谢谢了！"

"嗯。"

"不好意思，这一次又没能提前把报告提纲发给你。"

下午的阳光明媚，咖啡馆外没什么行人，透着深秋应该有的萧瑟。沿街的银杏，树叶随风飘落，地面一片金黄。聪明如葵井小姐，她一定明白这一次是结案报告。

作为有头脑的甲方，她等待的是我率先进入主题。

"从神户到东京再到北京的话，一路上相当辛苦吧？"没什么可躲躲闪闪的，我连铜箔里包含的信息，杀害学生们的凶手是谁都没有提，因为这些本来就不是葵井小姐或者说她背后的财团想要的。

葵井小姐恐怕构想了无数的开场白，但没想过我会如此直接。

她双眼张大，脸上没有笑容，自然也没有好看的酒窝。

我应该感谢她的酒窝——如果不是她所有照片都希望掩饰脸上酒窝的不对称，又想用甜美的酒窝来装饰自己的笑容，所以露出来的永远只是侧脸照片，我也不会那么轻易就想到民国时期的摄影师是如何掩饰掉了方宗胜大小眼的生理缺陷的。只是，这份谢意以后再说，此时我只能一鼓作气地向前冲了。

"这一次我从北京去神户，坐飞机可以直达关西国际机场，再坐高速船就可以到神户港，这是葵井小姐您带我走的路线，相当方便。所以，如果你来北京的时候，不走关西国际机场而是走了成田机场，我确实有些不解为什么偏要舍近求远。除非……"

葵井小姐依然默不作声，只是死死盯着我。

好吧，也许我说得太过突然，还是循规蹈矩解释一下为好。

"从一开始我就对这样的委托调查有诸多不解，所以在调查那卷铜箔的同时，也事先调查了一些别的，"我故意停顿了一下，好让气氛不会太过尴尬，"然后，就看到了你从成田机场来北京的动态。"

葵井小姐抿起了嘴。

"实在不好意思，其实我还查了很多信息。比如你要挑战的那座摩天轮——八角形骨架，彩色长椅吊篮，简易顶棚，高度不过十米，这个样子的摩天轮，还在运行的，在日本只有一处，就是函馆市游乐园儿童国的古老摩天轮。其实最开始我并没有在意函馆这个地方，只是在意你为什么要从东京来北京，直到我去到你们神户海洋博物馆，听说铜箔撤展，又拿到了供展人在函馆的住址时，才隐约意识到你们之间的关系。这样一想，能得到葛西家族的允许，让我一个外人去看珍贵的展品，并非贵馆公关的能力强，而是从一开始，对我的委托就是从葛西家族发出的吧！"

葵井小姐并没有否认我的推测，但也没有说话，仍然保持静默。

"葛西家族之所以撤展，也说得通了。因为我的第二次报告，使葛西家族有了必须撤回铜箔的警觉。"

"哦？你说说看。"她终于又说话了。

"我给你的报告中明确说明了两名学生向川崎造船所发出的订单内容。"

"只是小型蒸汽发电机而已。"

"不用欲盖弥彰，小型蒸汽发电机你们根本不会在乎，你们在乎的是另外的东西——两部线圈和铜球。"

"我们？你认为'我们'是谁？"

"这个时候还需要避重就轻？在神户海洋博物馆里，我确认了你正是他们的学艺员没错，然而，你如此优秀，有其他的身份也不足为奇。"

她只是随意却又意味深长地"哦"了一声，算是回应我，依旧期待我继续说出全部推断。

那么，就随她所愿好了。

"我开始在意起线圈和铜球到底有什么特殊意义，依稀记得在我做的现场报告中，你一直对两名学生的设计赞不绝口。当时，我忍住没有直接说出，所谓遥控设备，根本不需要通过无线电报，因为当时远在美国的特斯拉已经发明出更为简便的遥控电路板。后来，我忽然明白过来，线圈和铜球与特斯拉的关系太密切了，当时却没有想到。

"这套构想不只可以用在特斯拉线圈上，这套构想同样可以运用到能源传输上。如果只是这样说，又会沦为空话，我重新回到文献上来看，文献记载中，有两个地方可以让我把一切都联系到一起。

"大概应该感谢这起命案，我偶然间接触到了大友健助这位相关人物。我这个人没什么其他的本事，但在文献上，只要我盯着的人，必然能把他的生平事迹刨个清楚。在案发当天，大友健助给神户老家的厂子打了电报，正是因为这份电报的真实存在，让他从这起命案的犯罪嫌疑人名单中被彻底剔除。然而，对于他的电报内容，我也不得不多加注意。"

我想，自己这么滔滔不绝地讲话一定很惹人厌，但还是不停地把自己多日来推理的一切，全都讲给了葵井小姐。其中，就说到了大友健助对两名学生的试验的关照。之所以说是关照，是因为大友健助一直协助两名学生遥控设备，以免违反《万国电报公约》惹来不相干的麻烦。这种协助完完全全是大友健助的分外之事。随后，也说到了大友电气以及它与川崎造船所的附属关系，甚至还说到了大友电气为川崎造船所的铁路工程做了多少贡献，以及最后被抛弃的悲惨结局。

显然，葵井小姐对这段历史非常了解，这是她最应该知道的东西，我继续阐释自己的调查结果。

"悲剧的是大友电气不可能扛得过明治末年那种极端功利主义的社会氛围，厂子倒了，大友幸耶倾注了无限期待的弟弟大友健助也在1910年客死中国。我简单地查阅了一下大友幸耶的结局，竟没再出现在关西地区，更不可思议的是，她死在了遥远的北海道函馆。

"相当悲惨的结局。但怎么又是函馆，这个地方怎么总是出现？在我的观念中，不存在没有联系的巧合。大友幸耶和函馆的联系，正与葛西家族有关，对吧？"

我在提出疑问，因为我没有真正直接的证据去佐证我的说法。

而葵井小姐依旧不置可否地听着，没有反驳。

关于葛西家族，在抵达函馆之前，我都并未予以特别关注。就算是一栋奢华的别墅，有彬彬有礼的管家，对于我来说，这都只是一些无用的细节。直至进到他们的会客厅，在等待葛西家长的时候，我看到了会客厅里的藏书，终于惊觉自己遗漏了什么。

"我猜测大友幸耶是走投无路，机缘巧合远嫁到了北海道函馆的葛西家族。当然，走投无路只是我的猜测，姑且不去管它。只说葛西家族，在明治末年，一时间垄断了函馆地区的有轨电车生产和运营业务。如果不是大友幸耶带来的有轨电车技术给葛西家族打了一剂强心针，他们是不可能实现从默默无闻到突然崛起的，况且他们崛起的时间刚好是大正元年，1912 年，大友健助死后的两年。

"大友幸耶毕竟是大友幸耶，一旦经济稳定下来，发明和试验同样必不可少。这时候就和我一直关注的命案联系到一起了，甚至也是你们委托我去调查铜箔的真正原因。你们认为那卷远在一百年前的历史遗物，肯定带有某种你们急需的信息。"

有很多调查的细节，我不便与葵井小姐直说。比如现如今的葛西家族自然已走向没落，有轨电车是葛西家族的根本，但即便现在函馆市内仍保留着有轨电车交通，运营权也基本不在他们家族手中。更何况 JR 铁路集团已经将新干线开进北海道，葛西家族失势已成事实。在他们的会客厅中，虽然还摆着不少家长与铁道、电力名流的合影，但从年代上看，这些合影都是十年以前的了。

陨落的昔日财团，必然会拼命寻找救命稻草，我的这份委托，恐怕就是他们心中的希望。

可是他们到底希望些什么？

如果不是亲自到过葛西别墅的会客厅，我是永远猜不透的。会客厅中最引起我注意的不是那些名流合影，而是书柜里的书籍。它们全都是法律书，甚至还有很多是大正时期的法律书籍。

从法律、永和轮、学生们的试验、铜箔、大友健助，再到大友幸耶的技术，以及他们对真实诉求的严格保密，这一切让我终于把答案全貌构想清楚了。

"历史遗物，具有经济价值的、巨额的遗产，甚至一份藏宝图，这是最容易想到的，"我继续用相对平和的语气讲着自己的推断，"但从大友幸耶的人生来看，这根本不可能。她如果有这笔财富，早就可以在神户闯出名堂。所以，我只想到了另外一样，即便不会随着时间推移增值，至少不会贬值的历史遗物，那就是发明专利。准确地说，是一个现在看起来广为应用但其实有极大技术革新空间的发明。那种专利的中文名叫实用新型专利。"

没错，只有专利需要查阅当时的法律书籍。并且，我想当时的大友幸耶并没有去申请现在的葛西家族所需要的专利。只要证明这一发明初始源于葛西家族，或者源于大友幸耶之手，就可以补发专利证书了。哪怕那是在明治、大正时期，只要有了专利证书，葛西家族东山再起就不再是空话，世界范围内的专利使用费，将会源源不断地流入葛西家族的金库。在获得确凿证据证明之前这些都不可告人。

"那么问题回来了，葛西家族关注的到底是怎样的一项本应引来举世瞩目的发明？而这项发明甚至要比我们常识所知道的提前了半个世纪？我知道葛西家族不是什么慈善机构，去了他们家的别墅就可以看得出，所谓的提前出现，并不仅限在科学技术史上的意义，更重要的是它可以带来绝对的经济利益。我想到此点时，实际上有种疯狂碰壁的感觉。能有什么东西，可以在百年前发生，还能影响到后代的经济收入？根据现代世界的经济体系，只有专利有这样的特性和功效。而且这项专利还不是那种华而不实的远古技术，而是……

"我想了很久，直到线圈和铜球的出现，我顿悟了。于当今世界突然广泛应用，还要关于线圈，那么只有一样东西基本符合，那就是……"

说到这里，我故意停顿下来，想看看葵井小姐的反应到底如何。可惜她的情绪管理堪称精湛，毫不喜形于色。面对这样的人，我只好一股脑儿地把能说的都说出来。

"那就是与现在的无线电技术完全不同的远程无线电充电技术，也就是为远在湖中心的永和轮提供电力所应用的技术。"我敢肯定自己说出了真相。因为此时，葵井小姐不由自主地长吁了一口气，如释重负。

"这个你都能看得出来？"

"其实只要把细节看全，就像知道你因在北京一直没有买过新鞋而痛苦一样，显而易见。"

我是不是又说了什么虽然看得出来但不该暴露的东西？为了挽回尴尬局面，我立即把话题转移回来。

"终于又能回到原点了，"说出真相的我，并没有一点儿得意的感觉，甚至还有些许的愧疚，但是我并没有停止我的表达，"我想一开始你们，或者说葛西家族注意到铜箔的价值，不是在他们的先辈买下铜箔的时候，而是在机缘巧合下知道了大友健助和中国的两名学生有关，而这个相关性又与老东家也是老对头川崎造船所有联系。我敢确定的是，两名学生发出的订购订单根本没有发到日本去，应该是当时有某些消息透露了出来，学生们订购了类似葛西家族想要证明属于自己的超前技术的零件。只要证明了这一点，或许就能证明现在已经普及应用的无线充电技术，源头实际在大友幸耶那里，同时也属于葛西家族。"

无线充电技术真的能提前出现吗？当时，特斯拉确实有全球无线供电的设想，但根本不可能实现，别说专利申请，就连这个构想，都只是一则笑话而已。

那么，认真勤恳的日本人，能做到什么程度呢？

"不好意思，"我不由得又一次发出道歉，"非常可惜的是，凶手是方宗胜。"

也许我一直说的都是事实，葵井小姐并没有太多反应，而当我说到这句话时，她的脸上出现了感到意外的表情。

"你想调查的东西，永远也不可能和上下天光命案脱离开。因为它们本身就是一体的。无论学生们订购的是不是你们设想的设备，或者大友健助有没有把他姐姐的技术带到中国，而在两名学生的试验中得以运用，这一切都因为凶手是方宗胜而结束。这个认定自己的正义才是正义的人，在案发之后，将学生们的试验以及相关的一切全部抹杀清零了。"

我在征求葵井小姐的认可。在重新体味了一下我所说的结论后，她深深地叹了口气，点了头。

假设没有被抹杀，永和轮在1908年沉没于昆明湖之前，就应该有人发现了这件事情；即使当时没人发现，进入民国，永和轮被打捞出来供游人游览昆明湖时，这真相还是不可能隐藏得住。时隔一百一十多年，从未有人对永和轮上的动力设备提出异议，只能说明一件事，就是在案发之后，凶手将能清理掉的东西全部清理掉了，让原本具有划时代意义的永和轮变回了最普通，甚至不起眼的小型蒸汽游艇，供慈禧老佛爷游玩乘坐。

永和轮，不论是对中国还是于日本到底意味着些什么，之后只会永远保持它的沉默。

"对不起！"

我郑重地道歉，就好像抹掉隐藏起这段历史的罪人是我一样。现实中永和轮的普通，才是抹杀掉我的委托方所有希望的根源。

"当然了，"道歉之后，我又故作轻松地说，"这些都只是我的一些猜想，我姑且说之，你姑且听之。而你们的委托调查，结果如下：神户海洋博物馆'明治·川崎'特展编号K301展品，是杨继、孟指然两名留日归国学生在圆明园后湖上所做的电报遥控设备的行船试验记录簿。展品中所记录的信息，有杨继的遗言，他留下了凶手信息。杀害他们的凶手是当时的练兵处军令司总监督方宗胜。"

交付了结案报告后，我努力地微笑着。

她看着我，同样笑了，露出左脸颊的酒窝，却看不出任何感情，说："你还真是天真。"

"你们应该判断得出来，希望微乎其微，"看来她还是不能从获知的真相中释怀，"一百年前的人怎么可能完成直至今天我们都做不到的技术？"

"不过，能推理出凶手的你，却有推理不出来的真相。"

"是什么？"我多少有些吃惊。

"鞋，我来北京也买了鞋，只是见你不需要换而已。"

我脑中一时闪现出昔日葵井小姐全神贯注听我报告时的样子，而她却已经起身，去至前台结账，心情毫无波澜。只有我盯着她的鞋，陷入了沉思。

果然，执着追寻的东西，终究最难把握。正如真相中的真相。

月亮银行

靓灵

01

"那可是火星啊！"猫子用力把勺子扎进麦片，酸奶从麦片切面的中间层流出来，"我们可以在水手谷的人造冰场里从山顶滑下去，累了就去吃羊三烧和浆果冰激凌，或者跷着脚在奥尔库斯，白天看电影、晚上看星星，如果你不想动的话。"

速报新闻息屏了，我压开嫩煎蛋的蛋黄抹在烤脆的面包片上："你去吧，我年假的时候再陪你出去玩。"

我没法假装错过她眼里的失望，但也理解不了猫子为什么有这么多的精力。她自己每周工作 60 个小时，只为了积攒假期，承包了家里与食物相关的所有家务，每周末，她还要上半天的失重训练课，即使她根本碰不到任何会失重的场合。我们都三十五六岁了，早过了成天折腾的年纪。

"我这几天每天都得往返台北，海啸刚过，那里的灾后重建评估得有人做。"我侧身揽住猫子，揉了揉她的头发，发香很好闻。

"别人也可以做。"她嚼着麦片小声说着。

"你知道我是最好的。"我挑着眉毛看她闷闷不乐，突然弯下身子去吃她勺里的麦片。

"小偷！你刚才说不吃这个的，"她想了一秒钟，"要不要给你拿个勺子？"

我嘴里满是食物，口齿不清："不要。你手里的那个比较好吃。"这是事实，确实很好吃。

她的表情看上去是接受了我工作这件事了。猫子也算个性情中人，什么都写在脸上，跟小孩儿似的。

"今天下班我去趟银行。"她指指天花板。

"去月亮吗？我还没去过呢，倒是有几个离开地球再也不回来的同事去存过纪念品。"我挨个默数认识的人里去过银行的那些，除了几个回地球办事或养老的，其他的好像都只在网上见过了。猫子一直是那种读完书立刻挂在网上卖掉、爬山时向前狂奔、从不主动拍照片的行动派。以前她也说，自己不理解人们到底有什么私人物品非得特意长久地保存下去。我虽然称得上念旧，但也嫌月亮太远了，所以我们都没上去过。"你去存什么？"

她对我露出一个喜剧电影里坏人才会有的得意笑容："你

什么时候陪我出去旅行了，我就告诉你。"

我吃完面包站起身，把盘子放进洗碗机，顺手抓起外套："我可以看你的存折回单。"

"不行！太狡猾了！"

"这是成年人的智慧，"我躲过她的拳头，俯身去吻她眼角的皱纹，"我要赶飞机了，如果状况特别糟糕的话可能明天才会回来，顺利的话就晚上见吧！"

"晚上见。"

那天晚上我没有见到她。第二天也没有。

月亮碎了。

02

月升港乱成一团是预料之中的事。前来讨说法的储户和媒体把人行道挤得水泄不通，要靠安保的人墙才能勉强挡住。现在是傍晚，天气还算晴朗，我抬头从车的天窗往外看，搜寻月亮的痕迹，或者说是在搜寻月亮的遗迹。

原先应该挂在东边的银色圆盘，现在变成一条由东向西跨过天空的银带。碎成小块的月亮随机飘散在原本是月亮轨道的地方。变成了月岩碎片的环，比原先的月亮要暗淡得多。

想到原本属于月亮银行的保险柜和银行里存着的东西也都飘散在月亮碎片环之中，一念间，我竟妄想用肉眼在那条银带里找到猫子，随后，又揉揉两天两夜没睡的眼睛，赶紧甩开了这个念头，推门下车，步行挤过人群。

看见我从大会议室后门进入以后，讲台上的人向我点头示意，敲敲麦克风。他看上去头发花白，但很有精神。

"人都到齐了，情况紧急，长话短说。我是月亮银行行长，你们可以叫我老罗，"这时，他背后的屏幕墙上出现了完整的圆月亮，第谷坑里的月亮银行港口的大门清晰可见，"大约二十四小时前，月亮在毫无任何征兆的情况下自己分解成了大小不等的立方体，目前监测到最大的边长约一千米，最小的约一米，但应该还有更小的没有被统计在内。"

在他身后，月球的图像正从一侧开始消失，从这个角度只能看出解体后的月岩碎屑沿着轨道逐渐飘远，形成一条灰色的长带，绕着地球铺满整个月亮轨道。

"立方体？"一名前排的专家问。

老罗咽了一下口水："是的，虽然这个细节尚未向大众透露，但网上已经流传私人用望远镜拍摄的照片。整个解体过程在三个小时内完成。解体刚开始时，我们以为月幔里的岩浆和熔融金属会喷涌出来，所以没人敢坐地月运输船到近处去看怎么回事，但是它并没有如我们想象般的发生。从地球拍摄到的图像来看，所有高温地层在裸露后，立即降温成固态，并且被分割成立方体。刚送上去的无人船已经证明了这一点。"

我怔怔地从椅子里站起来："那当时在月亮银行里的人呢？"

"从月球解体开始，所有地月通信都断了。不过目前没有月岩被地球捕获成为陨石，所以没有造成地面伤亡，"老罗说，"以上已经是我们知道的全部信息。在座各位都是来自全球的灾害专家、月球专家、行星地质与物理专家、火箭工程师，甚至外星文明及语言研究者，但你们之中并没有深空灾害的专家，这种职业还没出现。像这样的事情从来没人预料过，所以当务之急，是请一些懂行的人上去，看看到底是发生了什么。"他的目光扫过全场。

"我们的安全如何保障？"一名老专家颤颤巍巍地问。

老罗站得笔挺："现在能够使用的是普通的地月运输船，也就是平时人们去月亮银行存东西时乘坐的船，没有武装。但我们并不知道自己面对的是什么，就算有武装，也不知道应该带什么武器。换句话说，现在去月亮的人，安全没有保障。"

会议室顿时响起了一阵低声的议论。

"但是，"老罗提高音量以制止讨论，"这是一件必须做的事情。正是因为我们不知道要面对什么，所以全人类都处于恐惧和未知之中，必须有人冒着风险去现场。在座有全球两百位顶尖专家，去留全凭自愿。时间不等人，请在三十分钟以内决定。"

03

这是我第一次在月球轨道上看月亮。

运输船停在了一块边长约一千米的月岩上，我从没想过一千米原来这么短。从运输船的圆形舷窗向外望去，我们应该很快就能步行到方形平台的边缘。

在脚下的月岩平台之外，目之所及全都是立方体，而我们现在处在无数漂浮的方块中间。空间的延伸感在距离不明的星空背景下显得有些扭曲，远处没有参照物。在有阳光的一面，一些月岩的材质看上去像石头，另一些则像金属一样泛着冷光，想必金属方块的材料应该是月球深处的铁和镍。

我带着复杂的心情，一方面希望能找到猫子，另一方面又希望不要找到她，我尽量不这么想。但地球上的灾害我也见得足够多了，也许猫子只是其中的一部分。

我什么东西也没有看见，猫子的或别人的。

按照数据记录，在月球解体那一刻，月亮上包括银行员工、周边服务行业的从业者和储蓄顾客总计三万一千五百七十六人，至今全部沉默；同时从人们视野里消失的还有总计三千七百余万个使用中的保险柜以及里面的东西。

有人猜想东西就在飘散的月岩里，但要一块块切开看的成本确实太高了。再说，难道那三万一千五百七十六个人也在石头里吗？

这个画面过于恐怖。我贴紧舷窗，试图找到一些合理的线索来证明这不过是一场恶作剧、恐怖活动或是银行自己的营销阴谋。

月幔岩浆里的热量到哪儿去了呢？为什么是立方体？自然界里只有矿物晶体有立方体，这有可能是极端条件下的天然变化吗？那些人类在月壳里修建的大量保险柜和人们存进去的东西，那么多的人类痕迹都去哪儿了？人呢？

疑问太多了。

在船停稳之后，货舱里愁眉苦脸的专家们挨个接到了舱外活动的批次与内容，各自展开工作。我在窗边等了好一会儿，没等到任何通信通知，却等来了老罗。

"罗行长，您辛苦，我还没接到工作内容。"我希望他不会误解我是因为害怕而不出去。

"所以我过来了。你要做的事和他们不太一样，"他合上门走到我旁边坐下，临时架设在运输货船舱壁上的凳子发出吱呀的响声，"林叶茂老师对吧，灾后重建评估调查做了有十多年了。"

"是，所以我才在这儿，"我下意识地握紧了手里的胡萝卜苹果汁瓶子，觉得谈话气氛变得有些奇怪，"当然也有一些个人主观原因，你们知道月球分解时我太太在上面。"

"我们期待你的重建评估意见，无论如何，这次意外对银行和人类都已造成巨大的损失。但你不只是因为职业才出现在这里的。"

我一时间没有明白罗行长的意思。

"Ta 要和你对话，只和你对话。"

"谁？"虽然语境不对，但我仍然希望他说的是那个

Ta 不是我所熟悉的名字。

04

　　我和猫子是在公司的集体旅游中认识的，三天两夜，木屋民宿，实属无趣。那时候我还是个跟班，每天疲于跟着灾后调查的前辈做些打下手的杂事，对工作之外的旅行毫无兴趣；她在另一个部门做资料统计，那是一项不用多久就会被计算机取代的工作。

　　我在夜里走出旅店，想去没有灯光的地方看看破碎的山川。有人以为山自古以来就是他们现在看见的样子，在愚公之前无人能撼动，但其实不是人们想的那样的。山以前全都是平坦广袤的冷却岩浆或沉积灰土，是因为自然的力量挤压拉扯、风吹水流，山才以起伏的破碎模样呈现到人们面前。

　　在更强大的自然力面前，人类不值一提。

　　暗黑的河岸边，我看见猫子在架设望远镜和更多我看不明白的奇怪设备。她认出了我，自来熟地指给我看参宿，告诉我第三颗是她的幸运星。她说她喜欢旅行，还说她早晚要辞掉工作，找份远航船上的活儿，如果有可能的话，不回地球也挺好的。

"要是碰上外星人，从飞船上怎么跑掉？"我下意识地胡乱接话，从侧面看着她睫毛的弯曲弧度，感到自己正在失去挪开眼睛的力气。她思考的时候睫毛会抖动两次。

"海王星大气的主要成分是氢、氦和少量的甲烷，所以它看上去是蓝色的。它离恒星太远，表面温度只有零下两百多摄氏度，但是核心却有七千摄氏度，"她垂下眼睛看河水，"但人类最远的旅行船只开到了木星，船票少还很贵，而且只能在外环轨道上转转。你知道海核的温度和大气成分是怎么测出来的吗？"

我从没想过这种问题。

"根本不是直接测出来的，"她手指的黑色轮廓在草地上绕圈，"是算出来的。没有人到过海王星，没有人亲眼见过，没几个人真的想去，只有极少数的人想要离开地球表面，大多数人都忙着做一些根本不重要的事情，比如说……"她突然沉默了几秒钟，有咽口水的声音，"做资料工作。"

空气静止了几分钟。

"话说回来，你我也无法确定彼此是不是外星人。我们只是被告知要视其他相似生物为同类，在这颗星球上乖乖待着、工作、生活和死亡。外星人为什么一定就比你更可怕呢？"她的眼睛在黑暗里闪烁着光芒。

05

它和我想象得不太一样。

凭着头罩耳机里的反复提示，我才没有在四处飘散的大小方块与零重力环境中迷失方向、错过目标。

如果不是被飘荡在月球轨道上的石群包围，亲手从月亮银行行长手里接过我一辈子也买不起的宇航服，而且刚刚见过了一大堆只在新闻才会出现的名字，我是绝对不会相信有外星人点名要见我的。

我都不确定是不是应该将它称为外星人。

那是一块黑色的立方体，边长和我的小臂差不多，朝向太阳的一侧看上去则更像深灰色。很难把这个东西与生物的概念联系到一起。

"地球人林叶茂，你好。"

就算有心理准备，真正听到声音时我还是吃了一惊。老罗告诉我，这东西自称流动者，在自报名号以后要求与我对话，并轻松躲开了其他人的近距离接触。每当银行或军方尝试捕捉或攻击它时，它的黑色就消失了，只留下一块普通的月岩立方，然后出现在另一个相隔万里的地方。

"你有疑问？"

是的，我当然有疑问，比如我想知道，这个明显来自正前方黑石头的声音是如何越过我们之间这段真空传到我耳朵里的？它为什么能说中文？它为什么非得在九十亿人中找到我？它都干了什么？它到底是个什么东西？我的疑问太多了，但最想问的还是猫子在哪儿？不论她现在是什么状态。

先问大事，老罗就给了我这么一个任务，不要意气用事。

"你是什么？"

"流动者。"

"你没有回答我的问题。"

它不说话了。我这才后知后觉地开始担心自己的处境，在一个有力量把月亮切块的不明物面前，我像一只在混凝土大厦天台上迷失道路的蚂蚁。

它开始褪色，浅灰色从一个角开始向侧面蔓延，占据方块越来越多的面积，深黑色则越来越少。在黑色一侧的外部，一条像是丝带的黑烟飘向另一块方形石头，后者接触到黑烟后慢慢被染成黑色。没过多久，原先是黑色的方块变成了和周边其他月岩无异的样子，新的石头则成为纯黑。

原来它不是一块石头，而是一团黑烟。

"流动者是飘荡在宇宙之中的生物，从一块石头飘动到另一块石头，从一颗星球飘荡到另一颗星球。"

"在真空里？"我仍然质疑这幅超出物理常识的画面。

"星球之间并不是完全的真空，有很多可以依附的物质，只要有一个基点，我们就可以向远处以六个原子的宽度延伸自己，现在与你对话，也是因为我有一些部分粘连在你的宇航服上。"

这话听起来实在让人心情复杂。好消息是它似乎也算个唯物主义者，坏消息是六个原子的宽度是小于纳米的，如果它说的都是真的，它有无数种方法随时终结我或我身后五千米之外的整船人。不，也许是全人类的性命。

"我很难相信你。"我决定实话实说。

"我可以证明。"它停止说话，我们在安静之中停滞片刻。老罗的声音突然在耳机里炸开："听得到吗？喂？喂？林……"我正要张嘴回话，声音又被生硬地断开了。

我的后背发紧。是它切断了我和飞船的联系吗？从我们对话开始之后，来自人类的通信就停止了，那短暂的几句话明显是在找我。

"我们影响物质的流动，包括通信波，这些波在一个层面上停下了。"

难怪他们能说人类的语言，它们有这种能力，完全可以从巨量电磁波里截停一部分，用来学习地球文明。

"你为什么要找我们，找地球人的麻烦？"我用余光去看原本应该是月球的漫天方石，"你杀了很多人，他们在哪儿？"

"我没有找你们的麻烦，我是在帮助你们，"它原本平整的黑色表面，浮现出搅动的螺旋，"人类需要离开地球，月亮银行是你们的阻碍，应该被破坏。"

06

在很长一段时间里，出去旅行的时候我总是在和猫子吵架。她想要去更多地方，走更险的山路。她是那种会提前一个月做好所有行程攻略、预定性价比最高的酒店，并且绝不报旅行团，甚至自制火车便当的人；而我正好相反，频繁出差已经耗尽了我本来就不多的行动欲望。

结果就是因为每次陪她走太多的路，我会变得脾气不好，而她又不愿意扔下我一个人在旅店里睡觉。

我已经不记得去海边那次是为什么而生气了。猫子躲到旁边悄悄哭过之后，低着头挪着小步子又回来，给了我一枚好看的贝壳，算是示好。我责备自己，又不知道说什么好，所以也蹲下身子从地上捡了另一枚很小的贝壳，只有小拇指盖大，黑色的壳上带有不均匀的棕色斑点，递到她的手上。

她在手里翻来覆去看了很久，一边看一边吧嗒吧嗒地掉眼泪，我觉得自己做错了什么事情，开始后悔选了这一枚，想要把这难看的小贝壳抢回来丢掉，她却大叫着拍掉我的手。

"这是你给我的！你不许要回去了！"她像捏着什么宝贝一样，攥紧那枚破贝壳。

那天我们和好之后，我就把她送给我的贝壳放回海里了。

我以为她也会这么做。

07

　　我从没想到会在这里再见到这枚贝壳。它飘浮在一片旋转的烟雾中央，被推到我面前。

　　我突然明白，猫子到月亮银行来储存的就是这枚贝壳。这枚小小的、丑丑的贝壳，没有光泽也没有特点，是那种放在沙滩上绝不会被人捡起来带回家的样子。它唯一的与众不同之处在于是我送给她的。

　　那是一个下意识的动作，选一只不好看的，告诉她我老是惹她生气、我一点儿都不好，就像这枚贝壳一样。但她还是高兴地留下它了，而且打算留到更久以后。

　　"你的妻子是一名伟大的人类，她站在地球表面时常常想要跳脱升空，去往群星之间。我们听到了她的声音。"

　　我想争辩说人类之中不乏这种人，只不过其中真的能从事相关工作的少之又少，但这对于谈话似乎没有好处，还可能增加其他人受到伤害的风险。流动者的黑烟消散，那枚贝壳就飘在我面前，缓缓向我的侧面飘去。

"我流动在群星之间，见到过各种各样的物种，其中常有像人类一样被禁锢在星球表层或内部的：有些是因为技术，有些是因为思想。"

它荡起的尘埃汇拢成球，球体表层浮现的图案有些像地球大陆但又不太一样，我认出了那更加紧密单一的板块形状：那是千百万年前的古大陆，是地球板块大规模漂移之前的古地球，哺乳动物尚未占领陆地，海洋还是藻类的天地。

这是它的记忆吗？难道流动者以前来过地球，在人类出现之前？

"多年以前，我在地球见到的是蓝藻。时间流去，蓝藻至今仍然尚未拥有离开星球的技术与智慧。人类已经有技术了，但想要离开地球的人寥寥无几，你的妻子是其中之一。"

在贝壳飘远之前，我试图伸手去抓住它，但距离稍有些远，我没能如愿。这时黑烟又重新包住了贝壳，比之前的更浓厚，黑色完全盖住了它包裹的物体。

"但她终究没有踏上远行的交通工具，因为有些技术之外的东西将她禁锢住了，"流动者的声调没有变化，我却感受到了压迫感，"她的记忆告诉她，有比飞向深空更重要的东西，那就是与你在一起的生活。实在可惜。"

"所以你就杀了她？"我不可置信，它以为它是什么，仅仅以自己的喜恶决定另一个物种个体的生死？

"地球人林叶茂，你不明白。个体的生死相对于物种的发展、文明的演化而言不值一提。"

它的烟雾从四周向我聚拢，粗粝的苦痛与悔恨灌进我的身体，我好像看见流动者的同类在群星之间流动，一时间咽下无数文明尺度的生老病死，那些念旧的物种大多数都衰落于星球资源枯竭前的优柔寡断，或以争夺领土为目的的近距离战争。幻觉的体验转瞬即逝，流动者幽灵般的声音此刻飘荡在我颅骨上方："如果对过去的怀念与记忆会阻碍发展，那么记忆就应该被及时丢弃。"

烟雾之外，我看着那枚空空的贝壳飘过眼前。它里面曾经有一块，也许只有几立方毫米大小的肉。那也曾经是一个生命，一个柔软单纯的灵魂。现在它消失了，组成那块肉的物质已经进入自然之中别的地方，也许还在地球上，也许不在。

我没有见过那一块肉，但我有可能是唯一一个想象过它存在的生物。现在我惦记着它，想象着它如何出生，如何快乐地进食和痛苦地咀嚼沙粒，如何被海鸟或细菌吃掉、被冲上海岸、被我捡起来。在我死亡之后，可能就没有活着的生物知道它存在过了，那个时候它将在另一层意义上再死亡一次。生的背面不是死亡，而是忘却。

"你才不明白。"反驳也许会激怒它，如果这东西有怒的情绪的话，但我此时已经不在乎了。我看看四周，这里任何一块石头都可能是曾经组成月亮银行保险柜的材料或基岩。

"记忆对人类是无比重要的东西。"

08

"你在干什么？"我靠在天台入口的门框上，用可乐罐子去冰猫子的后颈，"外面不热吗？"

"我在架望远镜。今天天气很好。"她推开可乐，汗珠从脖子上淌下来。刚同居一个星期，我还不太适应她每天晚上吃完饭就上顶楼折腾的习惯。

"那边的也是你的？"楼角还有个小号的铁架子，支着几根天线。

她专心调试着镜筒上某个我不知道用途的旋钮，头也不回地回答我："那就是个信号发射器，能把在这儿拍的照片发到楼下我的电脑里去。"

我吞下一大口可乐，抬头看天，多亏月亮还没升起来，今天星星很亮："能发到月亮上去吗？"

"理论上能，但大概没人能接收到。"她抖了抖睫毛，然后拿出手机敲了一会儿，告诉我她往天上发了摩斯码，写的是"太空旅行"和"可乐长胖"。

"天上有没有人能收到我不确定，但这里反正有人接收到你的信号了。"我挑起眉毛又喝了一口。

"你应该喝点蔬菜汁，比如胡萝卜苹果汁之类的。"

"天啊！谁要喝那种东西啊？"

09

我有可能向流动者说清楚人和电脑资料之间的区别吗，说了会有什么用吗？到现在为止，我还是没有见到任何人。

"你那些文明尺度的价值观都好、都对，但是个人不应该为此承受你给出的这种伤害。三万一千五百七十六个人，你撕碎月球的时候上面有三万一千五百七十六个人，还有三千七百万份记忆。你这是屠杀，这些人和东西都去哪儿了？变成像你一样的粉末了吗？"

"地球人林叶茂，你爱你的妻子吗？你爱她什么？"

这个问题我始料未及，而且令我瞬间羞愧的是，我从没有想过后一个问题。这太荒谬了，在月球的碎块之间，我被迫在电磁信号上与全体人类隔开，被一团可恶的黑烟质问爱自己老婆什么，而我一时间居然回答不上来。

"流动者总结了地球上数以亿亿计的案例，得出的结论是人类在所爱的人、事、物上倾注时间，时间会变成记忆，记忆塑造人类。我们流动者的记忆是流动更新的，如果一处记忆停滞不前，那部分的身体就会枯竭。"

这时，它所在石块的平整面上涌出浓厚的烟雾，平滑的鼓包状黑影从中间一分为二，一块拇指大小的硬块从切口中间伸了出来，递到我面前。我迟疑了一下，还是隔着宇航服伸手去靠近那块看上去与其他轻巧烟雾相差甚远的硬块。在快触碰到它时，一段模糊的印象从指尖流向眼前，一瞬间我已经知道发生了什么事情：在上一段旅程里，它碰到了一个比石头更顽固的文明，短暂地体验了那个文明固定的思维方式，感受到致命的、永久的伤害后，它身体中这一部分因为停止流动而永远地死去了。在来地球的路上，它不断粉碎代谢，飘零成宇宙尘埃的一部分。此刻，它们像是不发光的星星，无论是活着的还是死去的，都流转在浩瀚的宇宙之中。

"时间的血脉碰到了一颗死亡的阻碍，"一缕烟雾抚摸着结块的伤痕，"只有浸泡在流动的河流里，新的时间才会继续耗损固定的伤块，带走陈旧无用的记忆，更新并养育生命。记忆在这个过程中并无匹配于人类重视程度的作用。你们把记忆储存在固定的容器里，最后只会筑起前进路上的高墙，因为太过留恋而踌躇不前。"

10

"月亮银行？"我从屏幕里抬起头来，脑中的画面还停在落石砸坏的房屋照片上。有时我忙起来经常忘记好好生活，为此没少挨猫子的骂，但后来她也接受了我就是这样子。

"是啊，你不觉得去月亮银行存东西的人都很厉害吗？他们把银行保险库建在月球的地下，那么大的地方，很少有人去存钱、房产证和钻石，大家都在存记忆。"她向我这边蹭过来，展示新闻里的统计数据——月亮银行存物统计下面排行靠前的是硬盘、书籍和标本。

"既然人们这么在乎记忆，那为什么不把这些东西留在身边？"没做完的工作在我的脑子里盘旋，山崩滑坡之类的小灾害每天都在发生，就算是复原房屋这种简单的愿望，对灾民来说也是奢望，有时候重要的东西放哪儿都是留不住的。

猫子眨巴着眼睛看着窗户外面，下弦月在东边的云层里："我想可能是因为老守着旧东西，就看不到新的了。"她回头看看我这边的屏幕，上面是一张村庄被山石破坏的照片："有人受伤吗？"

"二死十七伤。"我不爱和她聊工作，因为我总觉得灾后重建这份活儿太沉重了，不该拿来分享。

"你觉得他们需要什么？不是说今天，今天他们需要临时住处和食物。我是问今天之后。"她又转头去看月亮。

我想都没想就给出了最务实的、在各种会议和报告里已经说过很多遍的答案："当然是重建房屋，以便尽快回到以前的生活里。"

"真的吗？"她轻声问，"人类就是这样生活的吗？"

11

人类不是这样的，我想与流动者争辩，我们是建立在"旧"上的生物，我们将宝贵的东西保存在铁箱里、纸张上、硬盘里和石头上，保存在脑子与皮肤的褶皱纹路之中。我这一辈子都在做灾后重建，就是为了帮助别人找回以前的生活，恢复与记忆相符的东西。就连猫子不也是舍不得贝壳，要来月亮银行存下来吗？

流动者打断我的思绪："我希望看到更多的物种在宇宙间流动。你的妻子是适合前往太空的人类，但她因为你而一直留在地面，这是她爱你的方式之一。你们的记忆应该是互相影响的，流动者想知道，你爱她什么？重视与爱相关的记忆这种行为，为什么在人类的进化中留下来了？"

它的声音好像敲击在我的太阳穴上，我意识到它似乎不是在质问我，而是想要学习，想要让新的信息流过它的身体。

棱角分明的疑惑与猜测直接灌进我的潜意识，我的大脑被它搅得一片混乱。人会爱另一个人什么？是她的脸与身体更符合我的审美，还是她分泌的激素与我更契合？是她给我念的诗，还是做的食物？我爱的是这个人，还是爱我们相处的那段记忆？伴侣，在人类社会中本身就是一种奇怪的机制，它是为了基因多样性而存在的，而不是为了感情存在的。感情只是这个过程中的副产品，是一些可以用我们自己的医疗手段控制的生物化学因素，可我们中大量的个体却将之视为重要甚至主要的结合理由。从生物遗传的角度而言，多夫多妻明显更适合人类这一物种的延续，但我们却发明了一夫一妻制的婚姻并在全球范围内保持下来了。所以我爱的到底是什么？如果猫子的哪一部分改变了，我就不会再爱她了吗？

它的问题难住我了，这令我沮丧且想逃避。

"可是现在已经没有分别了。"我痛苦地回答，猫子已经没了。

"请看这个。"

我猛地抬头瞪住它。

一块石头从远处飘到我的面前，想必也是流动者在拖着石块。这石头靠近我这一侧时突然脱落了一层，滑开一条缝后里面是空心的，像箱式的保险柜打开了门。我惊讶地看着脱落的门飘走，石块已经处在离我很近的地方了。保险柜近看只有半米见方，猫子有可能在里面吗？她能有这么瘦吗？

保险柜的门飘走了。

里面是一个婴儿。

12

"我妈催我给她生个外孙。"猫子靠在床上说。

我放下小说转头看她，等着下文。

"你呢？林子你想要孩子吗？"

"没有想，也没有不想。如果你想，我会好好养的，单位里有时候会给我们这些已婚未育人士推送育儿课程。只是生孩子对你的身体伤害很大，你想清楚就行。"

她看上去很不安，即使在这种时候，鼻子上的痣也美得叫人心颤。我伸手轻轻捏她的脸："你看你，自己就是小孩儿，养什么孩子呀！成天吵着要出去旅行，刚才还闹着要去火星呢！"

看她的表情放松下来，我才松了一口气。

13

"它不动，"不论这个孩子是谁，他已经直接暴露在真空里了，"它是活的吗？"

"我使它停止了流动，现在它和这些石头一样，只是这亿万颗卫星中的一颗。石头的物质也是会流动的，只是比你们定义中的生物体液流动要慢得多。"

我想要伸手触碰，又担心会把孩子碰坏了。这孩子的鼻头有一颗痣。我按捺住快要破胸而出的心跳。这可能吗？

"我们可以影响物质的流动，时间也是一种物质，只是你们还没有发现。"

我竭力跟上他的话，想要弄明白它是如何影响时间的。

"流动者真心实意地在乎每一个想要在星辰间流浪的灵魂，我们尊敬它们的勇气、智慧、坚毅、执行力、好奇心和快乐，我持有的这种心情按你们的分类方法大致也可以称为爱。流动者不是杀戮者，我们理解个体死亡的微不足道，但也不会肆意制造无辜的亡人，尤其是我们认可的人。"

我今天见到了太多不可思议的事情。这孩子有多大？三个月？六个月？

"地球人林叶茂，这是你的妻子。我倒流了她的时间，等她继续退回到人类定义的生命之前，就会调整方向重新向着另一条路径演化，成为像我一样的流动者，跟随我去往宇宙的别处。后退的时间已经抹去了她对你的记忆，你独自留着自己那一份，现在你还会说爱她吗？我的行为不可逆，在这个姿态之下，你还爱她吗？"

14

"林子？怎么还没睡？"猫子揉揉眼睛，手从毯子下面钻过来轻轻搭在我身上。

"做梦了，"我把一只手放在她的手上，另一只手去触碰床头的木制闹钟，上面浮现出来的时间为凌晨三点，"我梦见我们在山里买了一座小房子，那地方太偏僻了，飞机、火车一年才会来一次，我们哪儿也不去，就在家里开心地生活，做饭洗碗、看看月亮。有一天你坐上小火箭在院子里兜圈，然后就飞上天了，天上血红血红的，好像很危险。我站在地上看，想喊你回来，却喊不出声音，想追上去，腿却像灌铅一样沉。然后你就越来越小，越来越小。"

猫子咯咯地笑："昨晚给你上的课记住了是吧？宇宙扩张，光谱红移，星星越来越远，越来越小。"

"是啊，猫子老师教得好，教到梦里去了。"

"要是我真的越来越小，变成小学生了，成天满地跑、给你添麻烦，你养我吗？"她问。

"那你非得把我吃穷了不可，我抱着你去地铁里要饭吧！"

"我说真的，要是我把你忘了，或者我手断了不能给你做好吃的了，我出车祸了得花光家里的钱去治病，我变成你的累赘却什么都不能给你了，到那时候，你就把我扔了吧！"

她说话的声音不大，却连贯清晰。原来在我没注意到的时候，她也一直在暗自担心各种各样的分离。

"猫子。"

"嗯？"

"我喜欢的是你。"

"突然之间说什么啊？"

"因为你是你，而不是你能为我做什么，或者你对我抱有的想法和感情。去掉这些，你还是你，我愿意为你做任何事。"

她的眼睛在黑夜里发亮，就像我第一次见到她一样："那你下个月陪我去火星旅行吧！"

"找得工作。"

"大骗子！"她翻身扑上来咬我，然后我们拥抱在一起。

15

我伸手去够那个婴儿所在的石块，她小小的拳头攥成一团，好像捏着什么不得了的宝贝。她像一只做工精美的娃娃，也许就是一只娃娃也说不定，说不定流动者是在骗我。

我的心脏用力地跳动着。在这个失去和复得的模糊边缘，我突然明白猫子在下弦月那夜没有说完的话了。她早就有答案了，贝壳也好，我也好，她收拾打点好所有这些珍贵的东西，把我们放在一个不会丢失的距离之内，用剩下的力气把自己的灵魂从生活的缝隙里挤出来，踮起脚向上生长飞行。

她储存好旧的记忆，是为了更好地上路；她创造新的回忆时总要拼命带上我，明明一个人可以多走一些路的。是我站在原地只知道盯住脚下，忘记了往前看。那些自然灾害里失去住处和亲人的灾民，真的需要我原封不动地复原他们记忆中的街道和房屋吗？不，他们需要的是安顿好过去，以拾起面对新生活的勇气。

"猫子不用变成流动者，也可以在宇宙里旅行，"我咬紧牙关，脑子飞转的同时，尽力不去想象这个婴儿变成一团黑烟的样子，"我不会再是她的阻碍了。"

流动者放缓了转动的深色螺旋。

"人类记忆的方式和你们是有区别的，我们得不断踩着旧的台阶，才能往新的、远的地方去。有时候人可能会迷恋安稳和固定，我也会，但以后不会了。"

在流动者几乎静止的几秒钟里，我因力量悬殊而产生的恐惧似乎平息了，只剩下想要争夺猫子的紧张。

"而且，你想带走猫子是因为她愿意去往星空，换句话说，你认可她的想法，而不是需要她的帮助。但你不能带走所有与她一样的地球人，把每一个适合的生物都发展成同族并不是你最省力的方法。让她留下来吧，其他人会学习，踩着旧的肩膀爬上新的山。这是人类流动的方式——传播思想。"

人真是奇怪，在几乎认定猫子已经回不来时，我好像更无畏。在最坏的打算里，我已经面对过死亡，现在却看见了一丝希望，浑身的肌肉都绷紧了，呼喊着，想把她留下来，想尽一切可以把她留下的办法。

"这样可以影响更多人类个体，让宇宙在更大范围和程度上依你所说的流动起来。你想要的不就是这个吗？"

"你的妻子已经不记得你了。"

"我们会有新的记忆。"

它沉默半晌，终于又开口了。

"地球人林叶茂，你是对的。在结束她的停滞状态后，她将以普通婴儿的生长速度成长。"

我拼命以一次深呼吸掩饰住内心的激动，一边为流动者接受新想法的速度庆幸，一边又万分紧张，担心它会反悔。我抓在石块边缘的手仍然不敢伸进去碰她，害怕会打破某种我不理解的平衡："她的时间真会重新流动起来吗？"

"在她回到人类能够生存的环境之后。"

此时才敢花上几秒钟观察的我，从没有想过猫子小时候是这样的，她的尖下巴和锁骨缩了回去，我只用一只手就可以把这个小家伙拎起来。

从她现在这个样子到我上次见到她的样子之间到底会发生什么？我脑补她成长中会发生的事情，从0岁到30岁，从翻滚到奔跑，从发音到辩论，从去学校到去宇宙。

"地球人林叶茂，你的流动发生了变化。"

"是的。我会养育她，带她去火星，去所有她想去但我没有陪她去的地方，"我捏紧石块的边缘，"其他人也还活着吗？"

突然间，眼前所有的石块都打开了，大大小小的方块壳子挤满了原本就不宽裕的空间，却没有混乱地四处碰撞。从月岩里飘出的东西给这个黑底灰石的画面染上了五彩斑斓的颜色。

那是人们储存在月亮银行里的物品——油画、羽毛、硬盘、头发、琥珀、种子、各种颜色的密封试管、照片、钻戒、捆在一起的上千本纸书、骨头、雕塑、型号过时的手机、钢笔、像是文物的茶杯、金属锭、十字架、装满气体的塑料袋、旧毛衣、老游戏机、乒乓球拍、木块、灯泡、写满字的纸张、有签名的篮球衣、唱片机，天哪！远处那是一条鲸吗？

我被寄托念想的物件淹没了。

还有更令我吃惊的是成千上万的婴儿，从各自原本所在的石块里向我汇聚而来，又越过我的四周往运输船的方向去了。

"万人量级的时间超过了我能同时停止的时间流宽度，所以我只能将他们全部回退到婴儿时期，以相对微弱的能量保持这些人类个体的生命流动。三万一千五百七十六个人，三千七百八十二万零四百五十四件物品，归还给你们。我们的对话会在地球上所有电子能流动的屏幕上播放。人类，希望你们不要再留恋旧物，早日踏上新的旅途，飞向群星。"

在大量的物件与婴儿中央，在打开的石块中，我抱紧手中静止的那一个，眼看着流动者的黑色从它所在的那块石头上褪去。我好像看见了一块人类的切片。月球轨道仍然行使着月亮银行的功能，这里的每一块石头上的一分钟是一个保险柜，保存也封锁着某个愿望。现在整个月球轨道都是银行，记忆从禁锢的箱子中被释放出来，月球像河流一样流动起来，环绕了地球整整一圈，从地表任何地方抬起头来，都可以瞥见属于天空的记忆。

16

"那些飘在天上的东西后来怎么样了？现在还在那儿吗？"

"后来呀，有一个人给银行行长写了一份很长的灾后重建评估报告，你就理解成是个说明书吧。照着这份说明书，月亮银行正在重建。除此之外，有极少数的人想从那些东西里捞出属于自己的，但没几个成功的。大多数人一开始很生气，但后来也慢慢接受了这件事。还有的人真的考虑了流动者的话，动身去更远的地方了。"

猫子歪着脑袋，小手抓着塑料汤勺往碗里插了好几下。她今年六岁，开始挑剔糖果的口味和饭菜的卖相了，这种变化给我添了不少麻烦："麦片太干了。"她眼巴巴地看着我，希望我从冰箱上层给她拿酸奶，因为那个高度她自己够不着。

"更远的地方是什么样的？"她心满意足地看着我给她加酸奶，含混不清地问。

"我也不知道呀，我没有去过。小猫子想去看看吗？"

她往窗户外面看了看。我们正在路过木星，最近行星天气台报道说，最新研究证明红斑的风暴直径正在急速下降，如果继续这样下去，它可能会在三十年内彻底分解成无数个小号的风暴，现在出生还没上学的孩子有可能是最后一代能用肉眼见到木星大红斑的人了。有些地方不去看，有可能就不会再看到了。

"我想去很多很远的地方，"猫子的嘴唇上挂着半圈酸奶白胡子，"我要看冥王星，还要看火星。"

"我们已经看过火星啦！"

"那我还要看麦哲伦星云，还要看悬臂和M78，"她皱紧眉心，努力回忆自己从科普书和动画里学过的零星天体名，我没有拆穿她，那些地方我们一辈子也飞不到，"还有……还有草莓酸奶星！这个宇宙里有草莓酸奶星吧？"

她开始小孩子特有的胡说八道了，但我不想打破她的幻想："也许有，宇宙很大，什么都有。"

"哇！那我还要看巧克力星，还有铁头四分音符星和蚂蚁星！可它们在哪儿呢？"

我任由她边吃边胡闹。如果不是亲眼见到，我不会相信基因是这么强大的东西，猫子是个天生的探索家，永远对不明白的事物充满兴趣。流动者是对的，她属于星空。

"它们在这里，"我轻敲她的头顶，"等你长大了，就会找到它们了。快吃吧！"

"那你呢，林子想去看什么？"她鼓鼓囊囊的嘴里咀嚼个不停。

"我啊，我以前是个念旧的人。本来想以后有机会的话，回去看看月亮，也许没有机会了。不过没关系，我从月亮银行里拿走了一个宝贝，她就是我的月亮。"

"是什么？"猫子的眼睛睁得老大，闪烁着好奇的光芒。

我微笑地看着她，什么也没有说。

陨时

王侃瑜

没有人知道这一切是怎么发生的。

我面前的生物有着与我相同的生理特征，但我却无法与他们交流。

我听不懂他们说话。字撑着字，句压着句，一连串的音节如紧密的鼓点倾泻而出，连绵不绝。在他们耳中，我的语言或许如漫长的咏唱，拖曳着累赘的音节，是一句永远也说不完的话。

我也看不清他们的面容。面部肌肉的高频运动模糊了五官，挥舞的双手如振动的虫翅留下残影。在他们眼中，我的动作或许如同即将耗尽电量的玩偶，靠最后一点电量勉强支撑着，却怎么也无法到达想要的位置。

我知道，若再等下去，他们的黑发会很快变成白发，脸上会长出皱纹，牙齿会脱落，五脏六腑会开始出问题。他们会同周遭的很多草木那样，迅速成长，迅速衰败，最终在泥土中腐朽，换来新一代的循环。而新一代的成长速度会更快，生命周期会更短，他们却不会觉得这有什么异常。

最后的最后，熵会增加到极大值，热量将不再流动，过去、现在、未来不再有分别，宇宙热寂，时间陨落，一切都将迎来彻底的终止。

如今，无论做什么都没有用了，因为这个过程是不可逆的。其实我们曾经有机会，却没有人真正试图去阻止。我们眼睁睁地看着这一切发生，却主动或被动地参与其中，加速了最终结果的到来。

我不知道该怎么办，只能记录下一些人和话。他们是人群中孤独的慢速者，与我一样，选择不主动加速。他们都曾在早期注意到了末日的端倪，想要通过避免加速来逃脱命运，却不料它席卷了整个世界。我们在最慢的时速维度里萍水相逢、交流，而后告别。我不知道他们如今身在何处，处在哪个时速维度。因为此时时间已没有了意义，旧的纪年方法和时间度量已不再有效，但我会尽量记下见到他们时的外貌和年龄，记录下他们所说的一切，为后世留下一份资料。如果还有后世的话。

莫昕，约二十七岁，元媒体主播。

干我们这行的，当然是最早接触速时通的一批人。

那时候他们的产品刚获批上市，找了不少主播做推广，全平台都有，专注领域也不尽相同。我觉得他们当时根本就没想清楚产品定位，所以用了最简单的方式，那就是砸钱做推广。

我的流量在彼界算是前二十，粉丝黏性和转化率都不错，接合作的标准和收费也不低。一开始，他们市场部的人找到我，我挺犹豫的。我之前主要是做美妆和时尚的，跟他们的产品功能根本不沾边。但他们说速时通会开启一个新时代，掀起一场时间革命，各行各业的人都需要加速，其实他们看中的就是我在行业里的影响力和精英人设。这话让我挺受用的。那阵子我正好也想拓展一下业务，往生活方式这方面转型，再加上他们给的钱确实不少，所以就把合作接了下来。

初次使用前，每个人都得去速时通体验中心进行免费健康评估和设备安装。评估其实很简单，就是测个心跳和血压，没什么问题的话就有专人为你安装设备。他们采用的是最新一代半侵入式脑机接口，号称市面上最安全的类型，老人小孩都可以用。设备外观像一枚小巧的贝壳，可以定制颜色和形状，安在耳后，对应小脑的位置。贝壳内储存有少量的T-42物质，这是一种提炼自稀有陨石的纯天然元素，对人体完全无害，却能通过提升神经元活跃度加快人在单位时间内的反应和思考速度，从而提升思考效率。

我当然记得清这些细节，因为我是一个美妆主播嘛，平时介绍美妆产品需要记的成分细节比较多。当然，我也知道这些成分及功效都只是营销的一个噱头，是产品溢价的一部分原因。这方面，我觉得速时通挺聪明的，他们不单卖设备，还卖成分和服务。其实，它跟护肤品一样，是会用完的，需要补充，不像衣服或者包包，买上一件就不太可能买同样的第二件了，除非厂家不断设计出新款。做我们这行的都知道，对于普通消费者来说，中高档护肤品的入门门槛比服饰类低，用户黏性强，同款产品复购率高。

速时通声称每个月能为每位用户提供的 T-42 配给量只有一丁点儿，装进贝壳里，每次需要使用时按一下，单位剂量的成分就被打进人脑内，并在一定时间内起效，失效后可以立刻重新启动，但总量用完以后就得等到下个月才能补充。他们的理由很充分，说是为了防止用户沉迷滥用，因为成分本身稀有而且很难获取，定期补充是保证最优产品效果的有效途径。我当然知道，这其实就是制造稀缺性便于抬价。

我在自己的彼界频道上做了全程探店和安装体验直播，累计观看人数有五千万。在我安装完设备，第一次试用的时候，同时在线人数突破了三千万。

我还记得那时候的感受。按下贝壳上的按钮以后，我左眼视野中的直播回复突然变慢，方才还在积极刷屏的网友们集体噤声，过了好一会儿才逐一跳出新的弹幕：

"感觉怎么样？时间变快了不？"

"昕昕太洋气了，能接到这样的高科技产品合作。不愧是我的偶像！"

"前排的朋友错了，对昕昕来说应该是感觉时间变慢才对。"

"天哪终于赶上了！我来见证昕昕的历史性一刻了！"

"爱昕人送出了一枚火箭。"

……

我右眼视野中不断攀升的直播数据，使我的嘴角忍不住上扬，面对悬浮在空中的全息摄像头说："谢谢各位朋友们，我感觉很不错。时间确实变慢了，就好像在看电影慢镜头那样。我面前是店员小哥哥，他正在缓缓抬起左手，感觉有点儿好玩儿。"

"昕昕的语速变快了呢！超可爱。"

"少说废话，快讲结论，这玩意儿到底有没有用啊？"

"好好说话，粗鲁的人不要来看我昕的直播。"

又有零星的弹幕从我左边的视野滑过。

店员小哥的左手终于慢慢抬到了头顶，触到了耳后的贝壳。随后，他的速度恢复了正常。

"莫小姐，请问您感觉还好吗？"他说。

我点头说："挺好的，就是感觉世界突然变慢了。"

"这是正常现象，说明我们的产品正在起作用。实验表明，速时通能将人在单位时间内的时间感知加速三倍，您在这段时间内的效率也就提升了三倍。目前我们的平均单次起效时间是半小时，到时间后您的时间感知会恢复到原来的水平。"

我注意到，我右眼视野内的直播时长读秒也比平时慢了三倍："这感觉太奇妙了。我建议大家有条件的话一定要试试速时通，我已经可以想到很多种应用场景了，不光是普通的工作学习中可以用，玩游戏打怪的时候，出门来不及打扮的时候，遇到什么意外或危险的时候，都可以使用，而且说不定在关键的时刻还能改变我们的命运。今天，我也和品牌方争取到了一些折扣，回馈给大家。"

那次直播结束后，速时通的销售额突破了一个亿。

后来？后来我自己也成了速时通的忠实用户。谁不想提升效率啊？每个月小几千的投入，在单位时间内可以完成更多的工作，做更多的内容，吸引更多的粉丝，赚更多的钱，这是笔划算的生意。那阵子，我在彼界的频道排名上升了五位，半年内整整五位啊！放在以前我想都不敢想。所以，我一下子又续了三年的速时通服务。

要不是 Mandy 注意到我眼角的细纹，我大概会一直把速时通用下去吧。

那天晚上，我们窝在沙发上看电影。我已经很久没用一倍速看电影了，因为我觉得那节奏太慢了。但 Mandy 喜欢，说老电影就得慢慢看。那天看的电影片名我已经忘记了，只记得主题是爱情与苍老。

看着看着，我靠在 Mandy 肩上睡着了。等我醒来，电影已经到了终幕。我抬起头，看到她满面泪痕，眼角还挂着一滴泪珠。我伸手拂去她脸上的眼泪，她转过头看我。电视屏幕的荧光和泪光交相辉映，衬得她楚楚可怜，我想要吻上去。

突然，她看我的眼神变了。她唤亮了房间主灯，用手背拭净眼泪，掰过我的头凑近细看。

几秒钟后，她宣布："你长皱纹了！"

我被 Mandy 拖去美容院检查皮肤状态，结果显示我的皮肤年龄比实际年龄老了两三岁，开始提前长皱纹了。其实，我平时很注意保养，从不熬夜，美妆产品用的都是最好的，手法也尽量轻柔，避免拉扯皮肤。真不知道为什么我会提前长皱纹。

见我和 Mandy 热烈讨论皱纹成因，美容院的技师问："你用不用速时通？"

我点头。

"那就是啦，"技师露出一副了然于心的表情，"最近好多客人都和您一样，用了速时通以后皮肤提前衰老。所以平时要注意哦，减少使用频率，多来做护理。我们最近也新研发出一款针对速时通的保护面霜，可以防止皮肤加速老化，今天可以给您试用一下。"

我买了美容院的产品，随后也没再继续使用速时通。刚开始戒断的过程其实是很痛苦的，我看什么都慢，总忍不住想去按耳后那个空荡荡的位置。是 Mandy 一直陪着我，这使得我俩的感情越来越好。我也成功转型为一个生活方式主播，不再需要每天花那么多时间选产品，工作节奏也慢了下来，收入当然也下降了。

但我想通了。说到底，加速时间的同时也加速了衰老和死亡。你觉得划算吗？

闫冬冬，三十二岁，打击乐老师。

我是在一次排练的时候觉察出不对劲的。那次排练我的印象非常深，因为我很少遭遇那么尴尬的时刻。

我是音乐学院打击乐专业毕业的，成绩中下等；毕业后当了老师，教了几年少儿打击乐。时间长了，我渐渐觉得没什么意思，开始怀念舞台和演出了。我这种履历当然不可能进专业乐团，它们收的可都是各个专业的尖子生。寻觅了半天，我最终加入了一个业余乐团，配置大约有五十席，算是个比较完整的小型交响乐团，演奏的曲目我也喜欢。

那天，我照例坐在排练厅的最后方，越过一片黑压压的后脑勺，紧紧盯着站在最前面的指挥。他穿了件不太合身的黑色礼服，一抬手就往上跑，露出微微凸起的肚子，手肘处有一片被磨得明显发白。他这件衣服不太可能是为演出而特别定制的，可能是婚礼礼服之类的。也许他在每次上台前都会从箱底把它翻出来穿，体现出他重视却又略带敷衍的态度，就像这个乐团的所有人一样。

"再来一次！听我指示。五，六，七，走！"

指挥的手一挥，小提琴和中提琴从方才中断的第六小节开始演奏。我在心里默数着节拍："一二三四，二二三四，他们快了，又快了。"单簧管抢拍跟进，加入合奏，指挥却毫无反应。我皱起眉，心头的疙瘩越来越紧："怎么回事？这都抢拍成这样了还不喊停？七二三四，八二三四，快到我了。"我抬起鼓槌，数好小节进入："咚，咚咚，咚……"

"停停停！"指挥不耐烦地在空中收手成拳，"大鼓怎么回事？怎么又拖拍子？你应该引导整首曲子的节奏，这一慢别人还怎么演奏？"

所有人都回过头看我，我脸颊发烫，脑袋嗡地一声炸开。又是我慢？怎么可能？我明明是按照谱上标的速度来的。我在视野内调出谱子，翻到开头再次确认，Allegro Moderato，适度、中速的快板，BPM 差个多一百二十。没有错，每分钟一百二十个四分音符。明明就是其他乐器快了，他们的 BPM 起码飙到了一百八十，那都是 Presto 了，这首曲子怎么可能是急板？

"行吧，今天就到这里，等大鼓打明白节奏我们再合。记住，你一个人拖了所有人的进度，回去好好想想。我不管你是不是科班出身，在我的乐团里只看实际水平。解散！"指挥生气地说着。

指挥径直转身离开排练厅。有些人的全息影像原地消失，他们本就是远程参加排练的。其他人也纷纷俯身收拾东西，弦乐器直接装进琴盒，铜管乐器往外倒水，木管乐器拆卸部件。我怔在原地平复心情。

指挥对我有意见，我知道。他了解我的背景，刚进团时单独约过我几次，暗示可以直接升我当首席，我拒绝了。再后来，他喝醉酒时给我发过些胡言乱语，我直接把他拉黑了，只在乐团群里看他的集体通知。

董璇凑过来小声说："冬冬，你最近怎么回事啊？怎么老出错？"她是打击乐首席，在这支曲子里负责小军鼓。在这个团里，我只和她比较熟。拒绝指挥的提议也是不想抢她位置，更何况我对指挥本人也没什么兴趣。

我犹豫了片刻，最后还是问她："你也觉得是我错了？没觉得是他们快了？"

董璇瞪大眼睛，探出手摸了摸我的额头，她的手凉凉的："你不是病了吧？大家节奏都是准的啊，只有你一个人慢了。冬冬，你是不是最近压力太大，没时间练习？"

"嗯，是有点儿忙。"那阵子是暑假，我确实排满了课，几乎没什么空，来乐团排练还是好不容易挤出来的时间。

"你要不要试试速时通？最近好多人都在用。月底赶报表、出差前收拾行李、完成老板临时布置的任务，全都靠它。自从用了它，现在我都有时间健身了，离完成减肥目标又近了一步！要不你也试试？现在很火的，走在时间前面的感觉可好了！"

我摇摇头。其实我知道速时通，有的学生家长在用，但学校里禁止使用，所以我的学生当中没有安装的。干我们这行，时间加速也没什么用，还容易破坏原本的节奏感，所以我没什么兴趣。

"不用了，放心，我没事。每天都在摸鼓，可能今天不在状态。回去我调整调整，下周六合练肯定没问题。"

"好啊，等你想用了再说，我给你发邀请码还能打折。哎呀，快到点了，我得赶去上动感单车课了，下周六见啊！"董璇把鼓棒塞进印有健身房 logo 的大包里，一溜烟地跑出了排练厅。

我看着空荡荡的演奏席，慢吞吞地收拾着自己的东西，这让我不禁想起了从前。在学校的时候，我也是这样——在打击乐声部永远是最早来，最晚走，位置固定在最后面，大部分时间都在等，在乐团里没什么存在感。但我喜欢这种在舞台最后面纵观全局、引领节奏的感觉。有人说打击乐声部是舞台上的第二指挥，整个乐团的人都得听鼓点把握节奏。刚开始学鼓的时候，我也被老师数落过拖拍子、左右手有轻重、三连音不平均。但经过日复一日的练习，我逐渐改掉了这些毛病，也能够稳定打出所需的节奏了。我不大认可指挥说我慢，但也不明白为什么连董璇都觉得其他人的节奏是对的。

那天回家后，我打开节拍器，把 BPM 调到一百二十。

"嗒，嗒……"节拍器打出均匀而清晰的拍子。

"嗒，嗒……"节奏不太对劲，这拍子明显偏快了，大约是 BPM 一百八十的速度。我检查了一下设置，指针又确实指向一百二十，难道是我的节拍器坏了？

我唤醒视域，调出在线节拍器，设置成 BPM 一百二十："嗒，嗒……"

我又重新打开机械节拍器："嗒，嗒……"两者节拍完全重合。节拍器没问题，那只能是我错了。我很沮丧，练了那么多年，节奏感怎么会变差。

我只好开着节拍器开始练基本功：右左右左，左右左右，右右左左，左左右右。单跳之后是双跳：右左右右，左右左左，左右右左，右左左右。还有各种组合的复合跳，再往下是三连音、滚奏、渐强渐弱。直到我稳住了节奏才停下休息，这时我身上出了些汗，肚子也开始饿了。

我一般都是在家自己做饭吃。因为练打击乐的缘故，我对时间的估算相当精准，做菜若是遇到需要焖煮三分钟、爆炒十秒钟之类的，我都不需要开定时器，出锅时间的误差不会超过一个八分音符。所以我的烹饪手艺算是不错的。

但从那天晚上开始的一周内，我三番五次地把菜炒煳了。那时候，我还单纯以为是因为我心事重。

一个礼拜以后，我又去乐团排练，按照这一周练习的速度来打，结果又被说慢。但我很清楚，不可能是我慢。那一个礼拜里，我天天早起，每天至少练一小时鼓，速度肯定是对的。可为什么指挥和其他所有人都觉得是我慢？会不会不是我慢了，而是他们快了？

突然间，一个想法如同闪电般划过我的脑海：乐团里所有人都偏快的速度、节奏一致的节拍器、炒煳的菜，会不会是因为这个世界本身就已经变快了？想到这儿，我不寒而栗，指挥的斥责声越来越遥远。

这个世界变快了，而且正在变得越来越快。

后来发生的那件事果然证明了我的猜测。

魏微，约四十一岁，企业社会责任咨询师。

速时通是在那起事件发生之后联系我的。

谁会不知道那件事呢？当时各大媒体和社交网络上都沸沸扬扬地讨论这件事。号称完全无害的纯天然物质竟然有时间放射性，不仅会影响使用者的大脑和身体，还会影响周围的世界。

那位母亲只是一名普通的速时通使用者。备孕期间，她没有停用速时通，后来因工作而超量超时使用，在他们公司，上班时间使用速时通是不成文的规定。怀孕后，她本人虽暂停了使用速时通，却仍然在公司上班，可她周围的同事却一直在使用速时通，所以她长期暴露于这种辐射环境中。孕二十三周时，她难产生下腹中胎儿。胎儿不但没有寻常早产儿的健康问题，发育反倒相当成熟，身长和体重如同孕四十三周出生的婴儿。母亲则在分娩过程中子宫撕裂，导致产后大出血。尽管医院全力抢救，最终还是没能挽救她的生命。

事件本身当然有很多可供讨论的点，比如，孕妇的职场处境、公司剥削员工、医院剖腹不及时，等等，但焦点还是指向了速时通。这里主要有三个层面：一是那家公司为何能获得超额的速时通配给并提供给员工使用，二是速时通对孕妇和胎儿的影响，三是速时通的时间放射性本身的影响。

速时通当然知道情况很棘手，所以他们第一时间发布公告，表示对孕妇的死亡深感同情，并捐出一笔款项用于新生儿的抚育，最后承诺联合公司内外力量尽快彻查此事。

危机公关做得还不错。他们应该是连夜开了会，讨论了应对措施、拉名单、联系人，组建事件处理小组。我是在凌晨四点接到他们电话的。

我有十五年的 CSR/ESG 从业经验。一开始我是在工厂的采购部门工作，偏向供应链的社会责任建设和审核；后来跳到了外企的可持续发展部门，专注企业生产对妇女儿童等弱势群体和环境的影响。如今我是一名企业社会责任咨询师，帮助企业搭建环境—社会—治理相关体系，出具企业社会责任报告，也提供相关培训。我的客户里不乏世界五百强和上市公司，速时通找到我也不奇怪。

事件处理小组共有六人，除了我以外还有速时通的可持续发展部门经理、首席研发工程师、公关部门经理、销售部副经理、分管产品的副总。大家都很专业，所以开会效率很高，我们第一天就列出了处理方案、各项工作重点和时间节点，并拟定了一份外部专家名单。

当天晚上，速时通就发布了二号公告，说明那家公司使用的是正在试运营中的商业款速时通，专为帮助员工提升工作效率而设计，哪怕使用量超过普通款速时通的月配给额也不会对身体造成损害。由于这起事件，速时通将暂停商业款的试运营，收回所有商业款产品并强烈建议企业避免在工作中强制员工使用任何版本的速时通。同时，速时通将设立一项公益基金，邀请若干劳动法专家担任顾问，帮助在工作中遭受不当待遇的员工维权。

这当然是经过加工的措辞。哪里来的什么商用款速时通，过量使用当然会有副作用，速时通也不可能真的回收产品。他们和那家公司统一了口径，这对双方来说都是损害最低的措辞，只要各自的员工不说出去，就不会穿帮。当然，员工都签了保密协议。

又过了几天，出了三号公告。由于目前样本和数据有限，也没人进行相关实验，尚无法确认备孕期间使用速时通对孕妇和胎儿是否有影响。在速时通的外包装显著位置和说明书中，都有怀孕和哺乳期间禁用等字样，用户应仔细阅读并根据自身情况合理使用。在后续的体验中心健康评估中，销售专员也会专门强调备孕期间的使用风险。此外，速时通联合若干位妇产科专家，成立了早产儿关爱小组，密切关注其健康状况，呵护其成长。

时间放射性方面的公告则要麻烦得多。

首先，这个概念很新，T-42是目前唯一具有时间放射性的物质。这个词本身的科学定义还有待商榷，但在社会讨论中，普遍认为这种时间放射性不仅仅影响使用者本身的时间感知，也会影响其周边环境中人与物的时间感知。这种影响并非即时的，而是会在人体内或环境中持续作用一段时间，是可以沉淀和累加的。而这种影响也并不单单是主观感知和精神层面的，也是物质层面的，会切实加快人的新陈代谢和老化折损。T-42可以说是被速时通"发明"的物质。那些陨石在地球上有好些年了,它们来自某颗彗星。彗星在途经地球时受引力影响而冲向星球表面,下落过程中与大气摩擦,化作了陨石雨。掉落在地球的陨石并不少,一开始这一批并没有引起人们的特别注意。直到一位陨石研究组的组员在实验中意外发现这种陨石能改变人对时间流速的感知,便有人从科研机构辞职从商,创办了速时通的母公司。他搜罗了市面上所有的同类陨石,从中提炼出关键物质T-42,并将之进行商业化应用。速时通推出也就几年的时间,科学界对于T-42的研究还很不够。

其次,时间放射性不好定量。速时通可以量化使用产品时用户的时间感知加速情况,却无法测量时间放射性有多强,多大范围内的人或物会受到影响,暴露多长时间、多强幅度会受到影响。这些数据只能从过往用户身上进行调研获得。然而,速时通也不可能做人体实验。

最后,速时通其实早就知道T-42具有时间放射性,却刻意对公众进行了隐瞒。这是怎么都洗不干净的。从某种程度上来说,其实,他们确实是在做人体实验,大规模的、不加甄别的、不受控制的、全球范围的人体实验。

我就是从这里开始和事件处理小组的其他人产生矛

盾的。

当然，他们都是速时通的高管，想要降低事件对于公司长期盈利的影响，可以理解。但我作为一名企业社会责任咨询师，任务就是引导企业往可持续发展、主动考虑社会责任方面倾斜。速时通在这方面的态度相当坚决：不承认、不公布，把这所有的一切都当作谣言和阴谋论处理。这让我无法接受。

讨论中让我印象最为深刻的是他们首席研发工程师的话。他说："陨石和 T-42 早就落到了地球上，所谓的时间放射性影响也早就开始了。我们只不过是以一种合理的方式利用它来造福人类，在提升个人效率的同时也加速了社会整体发展。我们已经成功提取了更高纯度的 T-42，未来可以推出新款产品，进一步加速用户的时间感知，让他们在更短的时间内创造出更多价值，全人类将进入时间变奏的新时代。假如在这个节骨眼儿上引起民众恐慌，其代价是整个人类文明都无法承受的。"

整个人类文明？他在开玩笑吗？最后，我退出了事件处理小组，让他们另请高明。保密协议？去他们的。世界都快完蛋了，我还会在乎那个吗？

速时通内部早就知道，时间放射性是真实存在的。T-42

每次作用时，都会释放出富时辐射，本质上，这是一种能量，会增加环境总体的熵，是造成加速的关键。而且，这东西在地球环境中不会自然消散。

速时通产品上市八年，累积用户达六亿人，累积销售量达二百四十亿个月的配给量。他们往地球上释放了多少富时辐射剂量是难以预估的。

时间放射性的影响远远超过我一开始的认知。

人们早就开始怀疑时间是不是在变快？冬去春来，时光倏忽而过，一眨眼就又过了一年。

这是真的。

别人说话的语速变快了，自己更容易长白头发了，宠物活得比预期寿命更短了，赛博义肢需要经常维护……

这些也都是真的。

时间滚滚飞逝，如一道洪流挟裹着人向前，跟不上就只能掉队。

而洪流的尽头，是末日。

岑萧，约三十五岁，生态旅游领队。

时间放射性影响的绝对不仅限于人。

我们做生态旅游的，常年带队去野外，这些年的变化看得很清楚。植物花期变早了，昆虫产卵提前了，鸟类迁徙和鱼类洄游的季节错乱了，连四季都缩短了。

这对我们的工作有很大影响。多年来积累的经验没法依靠了，在自然中寻找特定物种成了碰运气，哪怕在勘察过程中看到过，下次带队再来时也无法确定还有没有。

这可能要怪我们的一些同行，为了方便在野外追踪动物，拍摄影像或做细节观测，他们有时候会使用速时通。速时通当然好用了，只要按个按钮，反应速度和行动速度都会变快，追踪动物就会变得简单很多。他们不再需要慢慢学习那些观测基本功，慢慢积攒实践经验，突击速成一下就可以出来带队，还能徒手抓到青蛙、蝴蝶、螳螂之类的，把小朋友们唬得哇哇乱叫，其实这根本不利于培养孩子的生态意识。

最讨厌的当然还是盗猎者。有了速时通，他们开始变本加厉地捕捉保护动物，然后逃之夭夭。我听说在邻市的一片野生鸟类保护林里，巡逻员曾在一天内发现了四波不同的盗猎团伙。他们彼此互不干扰，仿佛约定好了一般，在自己的领地里疯狂盗猎。他们快速得手，不知有多少鸟儿遭其毒手。

为了对付这些盗猎者，巡逻员和招募来的志愿者们也不得不使用速时通，以便及时追到他们，抢在被捕动物的生命消逝前将它们救出。

来的人多了，动物暴露在富时辐射中的时间也长了。渐渐地，它们的行动速度也变得越来越快，有利于逃脱捕猎，人与动物之间又形成了新的平衡。大自然就是这样，假以时日总能自己找到新的平衡。

当然，这又在一定程度上增加了我们的工作难度。如何在自身不使用速时通的情况下追踪已受到速时通影响的动物，听起来简直是天方夜谭。

我们主要做的是生态旅游，主打亲子团，接触的小朋友很多。他们叽叽喳喳的，真的很像一群快活的小鸟。他们的反应速度普遍比我们领队要快，但定不下心，很难让他们安安静静地听讲解。他们很容易被飞过、跑过、跳过、钻过、游过的小动物吸引注意力，有时候撒开腿就去追，稍不留神就一头扎进水里，简直是在考验我们领队的反应能力。

我一直以为现在的小孩子都是这样，因为时代不同了。再说了，他们还年轻，比我们灵活比我们反应快也正常。直到有一回，我遇见了一个特别的小姑娘。

那次是学校的春游团，是以班级为单位的。那个小姑娘排在队末，走路又比别的孩子慢，渐渐地就和其他孩子拉开了一段距离。她不和班里的同学说话，他们也不搭理她。我的搭档在前面领队，我负责殿后。队伍拉得太长不好带，我就想办法跟她搭话。

我瞅准路边的牛筋草，指给她说："快看那个，叶子细细长长，顶上分叉出好几根穗子的，你知道那是什么吗？"

她倒也不害羞，伸长脖子瞥了一眼说："蟋蟀草啊，你连这都没见过吗？"

我有点吃惊，现在的小孩很少有认得野草的："我见过啊，不过第一次在这里见。你很熟悉这种草？"

"我是从农村里来的啊，果园里有很多的。"她大方地回应。

"你是从农村来的？我也是，小时候总要帮家里割羊草，割少了还要被爸妈骂，放了学都不能玩。"我一边和她聊，一边加快了脚步，希望她跟上来。

她果然跟上了我的步伐："这不是很正常的嘛，我还要帮哥哥弟弟洗衣服呢。男孩子的衣服脏死了，特别难洗。还要做饭、洗碗、烧洗脚水，做完所有家务才能做作业。不过，我一直是全班第一，老师最喜欢我了。"她话锋一转，似乎有点儿得意。

我们就这样聊了起来。后来我得知她爸妈都在城里打工，她和哥哥弟弟跟着奶奶过。她爸妈应该是那几年专门回村生娃的，一年一个，连着三胎，生完以后才外出务工。我不知道他们具体的工作，但可以肯定的是他们用不起速时通，那玩意儿月费不低，主要消费人群是都市白领和中上层人士，就是那些所谓的精英和想要成为精英的人。还有就是外卖小哥这样的特殊工种，不过他们的速时通都是由公司统一发放的，装载在头盔里，只能在工作时间使用，严禁私用。

她是赢了一笔奖学金才获得机会来我们市参加一个交换项目的——在市里最好的小学上一个学期课，期末考核若是通过就可以继续留在这里把小学读完。这个项目的初衷就是给贫困地区的孩子一个机会，让他们通过教育改变人生。她是老师趁着奶奶下地的时候偷偷带出来的，不然家里哪儿肯放她走，活儿都没人干了。

"我是肯定要留在这里的，不然回家后奶奶得打死我。就是辛苦刘老师了，还得给奶奶赔罪。"她说。

"那你喜欢新学校吗？"我问。

"喜欢啊，这里书桌大、光线好，写作业的时候很舒服。"她说话时眼睛闪闪发亮。

"那你喜欢新同学吗？"

她瞥了一眼前面，用手围成喇叭状，凑近我小声说："不喜欢。"

"为什么呀？"

"他们心不定，课堂上不乐意好好听课，这儿动动那儿动动，影响我上课。"

我很惊讶，她竟然有和我一样的观察。我又问："所有人都这样吗？"

"对啊，他们说话的速度还特别快，一句话不好好说完就开始下一句了，老爱吞字。玩游戏也是，就是比谁快，可无聊了，我一加入他们就嫌我慢。后来我索性不跟他们玩了。"

"那你在这里有没有朋友啊？"

"有一两个吧，都是其他班的。跟我差不多，都是从乡下来的，我们讲话、走路的速度差不多，共同话题也比较多。我们感觉自己跟城里的孩子是两个世界的人。"

她的话让我陷入了深思。以往，财富和资本可能是隔开两个世界的壁垒，如今这道墙却成了时间。很明显，这与速时通有关。如今那么小的孩子已经发现了不同，未来这种分化是否会进一步加剧？他们会不会不再通晓彼此的语言和文化，明明生活在同一个物理空间，却位于不同的时速维度，彼此互不往来？

在生命演化的漫长过程中，不同物种分化出不同的时速维度。蚍蜉朝生暮死，柏树可活千年。人类作为一个物种，共享统一时间已经太久了。或许如今我们正在见证的是新物种的演化，这些受速时通影响的孩子们能更好地适应加速的新世界。可那些没能加速的人呢，他们又该何去何从？

写下这些以后，我内心的焦虑得到了稍许缓解。不管怎么说，我已经尽力了，能够留下这份文字记录，至少也是对我整个写作生涯的交代。

在过去的这十几年中，世界经历了巨变。由于速时通的流行，富时辐射在地球环境中的浓度急剧上升，在更大尺度内加速了时间流逝。那些主动拥抱加速的人走在了时间的前面，消耗 T-42，释放富时辐射，增加熵，奔跑着前进；而那些拒绝加速的人，哪怕留在原地不动，也像站在传送带上一般被动往前。全球加速已成为毫无争议的事实。

我们都知道加速的尽头是什么，宇宙热寂，时间陨落，完全静止。但我们都无法阻止它到来。对于加速者来说，他们在那一天来临之前还有很多时间，可以做很多事情，但他们的每一个行动又同时在加速那一天的到来；对于慢速者来说，那一天会很快来临，要想从主观上推迟它的到来，唯有选择与其他人一起加速。

我所有的亲人都迈入了加速世界，我再也没见过他们。我们在不同的时速维度中遗失了彼此。有时候，我会羡慕莫昕这样的人，至少她找到了陪伴自己慢慢变老的伴侣。我不知道自己是否有勇气独自面对那一天的来临，更不确定自己是否愿意放弃坚持汇入加速大军的想法。但至少不是今天，不在此刻。